Emmy
Ein langer Weg zum Glück

Dieses Buch widme ich meiner Katze Emmy, die in Rumänien auf der Straße leben musste.

Gisela Kurfürst-Meins

Emmy

Ein langer Weg zum Glück

Bibliografische Information der Deutschen Nationalbibliothek:
Die Deutsche Nationalbibliothek verzeichnet diese Publikation in der
Deutschen Nationalbibliografie; detaillierte bibliografische Daten
sind im Internet über http://dnb.dnb.de abrufbar.

Illustration: **Gisela Kurfürst-Meins, Frank Tobies**
Korrektur: **Sebastian Schmidt** (www.lektorat-textbasis.de)
weitere Mitwirkende: **Inge Escher**

Herstellung und Verlag: BoD – Books on Demand, Norderstedt

ISBN: 978-3-7322-4275-7

Inhalt

Wir haben uns im Frühjahr 2012, nachdem unser Kater Willi verstorben war, drei Katzen, „Micky, Emmy und Mohrly", aus dem Tierschutz Rumäniens geholt. Sicher werden Sie fragen, wieso aus Rumänien, quellen unsere Tierheime nicht über? Ja, aber hier haben die Tiere es einigermaßen gut, in Rumänien werden die Straßenkatzen und Hunde oft getötet. Außerdem sollte Tierschutz grenzenlos sein.

Leider starb Micky, nach nur sechs Wochen an einer Virenerkrankung (FIP). Der ganze Stress war wohl zu viel für ihn.

Weil bei uns aber noch Mienchen lebte und sie es nicht gewohnt war, alleine zu sein, holten wir uns Emmy. Für Mienchen war sie aber zu jung, deshalb kam dann Mohrly zu uns.

Leider starb Mienchen nach nur einer Woche. Wir glauben, dass sie ohne ihren Willi nicht mehr leben wollte.

Emmy und Mohrly verstehen sich gut. Es ist eine Freude, ihnen beim Spielen zuzusehen.

Emmy

Ich heiße Emmy und bin eine weiße Hauskatze. Meine Mutter nannte mich Miezi, doch später bekam ich meinen richtigen Namen. Ich wohne seit einem Jahr bei meiner neuen Familie in Deutschland. Es ist toll hier, ich habe es wirklich super getroffen. Ich lebe noch mit einem Kater zusammen, er heißt Mohrly und ist mein bester Kumpel. Bevor ich hier her kam, erlebte ich viele Abenteuer. Aber ich erzähle alles der Reihe nach.

Emmys Geburt

Ich wurde in Rumänien geboren, dort sind viele Menschen sehr arm. Weil sie kaum etwas zu essen haben, landen wir Tiere auf der Straße und müssen sehen, wie wir zurechtkommen.

Ich kann mich noch erinnern, dass es außer meiner Mutter noch sechs Geschwister gab. Sie waren alle viel kräftiger als ich und drängten mich von den Zitzen meiner Mutter ab. Deshalb lag ich oft träumend und hungernd in einer kleinen Kiste. Das war mein Glück, denn eines Tages, meine Mutter war auf Mäusejagd, kam ein Mann und holte meine Geschwister und steckte sie in einen Sack. Mich übersah er, sodass ich meine Mutter begrüßen konnte, als sie zurückkam. Erst suchte sie meine Geschwister, aber dann kümmerte sie sich liebevoll um mich. Endlich hatte ich die ganze Milchbar für mich allein. Sie lehrte mich das Mäusefangen und das Betteln bei den Touristen. Bei ihr hatte ich nie Hunger, meine Mutter liebte mich sehr. Es war wirklich eine schöne Zeit.

Wir lebten später in einer Katzenkolonie und dort kümmerte sich jeder um den anderen. Ich hatte eine Freundin, sie hieß Mienchen. Ihr Fell war dreifarbig und das Lustigste an ihr war das Kinn. Die eine Seite sah braun aus und die andere beige. Wir beide gingen durch dick und dünn. Alles, was sich bewegte, wurde angesprungen. Außerdem rauften wir oft mit den Jungs. Die konnten wir immer so schön austricksen. Junge Kater sind meistens ein bisschen doof. Wir hatten eine unbeschwerte Zeit, ach wäre es doch immer so geblieben.

Emmy in der Tötungsstation

Doch dann kam der schreckliche Tag, viele von uns wurden eingefangen. Ein paar erfahrene Katzen konnten fliehen, meine Mutter auch. Mienchen und ich wurden mit den anderen Katzen in einen engen, muffigen Käfig gesperrt. Es war furchtbar und alle hatten entsetzliche Angst. Sie luden uns auf ein Auto und brachten uns in ein altes, stinkendes Haus, in einen kleinen schäbigen Raum. Dort lebten schon andere Katzen, einige von ihnen sahen schlimm aus. Total abgemagert und voller Flöhe. Ihre Augen waren verklebt und manche Katzen konnten kaum noch sehen. Ein paar hatten einen schlimmen Schnupfen. Mienchen und ich versteckten uns unter einem Tisch. Dort lag schon ein kleiner schwarzer Kater, er war aber völlig apathisch, sodass er nicht mit uns sprach. Irgendwann holte ein Mann ein paar Katzen ab, sie kamen nicht wieder. Ich hatte schreckliche Angst, denn ich belauschte ein Gespräch der Menschen. Der eine Kerl sagte zum anderen: „Heute werden wir nur zehn Katzen vergiften, der Chef muss zu einer Hochzeit und hat wenig Zeit."

Ich wollte noch nicht sterben, ich war doch ein Baby und hatte mein Leben noch gar nicht gelebt. Deshalb musste mir etwas einfallen, wie ich mit Mienchen fliehen konnte. Ich besprach alles mit ihr. Da wurde der kleine Kater, er war kaum älter als wir, auf einmal munter. Er sprach zu uns:

„Bitte, bitte nehmt mich mit, ich bin doch noch viel zu klein, um zu sterben.“ Das hörten ein paar andere Katzen, sie wollten mit uns fliehen. Und wie es oft so ist, kam uns der Zufall zu Hilfe.

Emmy auf einem Bauernhof

Ein großer, bärtiger Mann brachte uns Wasser und ließ dabei die Gittertür einen Spalt offen. Ich lief schnell zur Tür und die anderen Katzen hinter mir her. Ehe der Kerl begriffen hatte, was los war, waren fast alle Katzen entkommen. Nur ein paar sehr schwache und kranke hatten es nicht geschafft. Mienchen, der kleine Schwarze und ich, wir sind so schnell gerannt, wie wir nur konnten, und haben uns dann in einer Scheune versteckt. Als wir merkten, dass uns keiner gefolgt war, erkundeten wir den Bauernhof und entdeckten einen Stall. Dort huschten wir durch ein Loch in der Tür. Im Stall lebten drei Kühe, zwei Kälber, zwei Schweine, ein Pferd und fünf Hühner. Diese gackerten total durcheinander, es war ein riesen Lärm. Und es dauerte auch nicht lange, bis der Bauer kam. Wir Katzen versteckten uns ganz schnell. Er murmelte in seinen Bart: „Dass die Hühner immer so einen Krach machen müssen, wahrscheinlich sind Ratten in der Nähe, ich muss demnächst Fallen aufstellen." Dann ging er wieder ins Haus. Wir hörten, wie eine Kuh zu uns sagte: „Ihr braucht keine Angst mehr haben, so schnell kommt der Bauer nicht wieder."

Ich ging zu ihr und Mienchen folgte mir, nur der kleine Schwarze war plötzlich weg. Es gab einen lauten Knall und eine Milchkanne fiel um. Darin lag der Kater. Ein Glück, dass die Kanne leer war. Er sah uns schuldbewusst an und erklärte, dass er so furchtbar hungrig sei. Die Hühner gackerten schon wieder laut durcheinander. Das Pferd sagte: „Nun seid doch endlich still, das sind doch nur kleine Katzenbabys."

Die Kuh fragte uns: „Wo kommt ihr denn her?"

Ich erzählte ihr und den anderen unsere

Geschichte. Das Schwein meinte: „Oh wie furchtbar, ihr armen Kleinen." Dann sagte die Kuh: „Wenn ihr möchtet, dann trinkt ruhig aus meinem Euter etwas Milch, ich habe genug davon." Das ließen wir uns nicht zweimal sagen. Ich trank dann auch so viel, bis ich nicht mehr konnte. Der schwarze Kater fiel nach dem Trinken um, er war eingeschlafen. Dann stellten sich die Tiere vor. Das Pferd hieß Ivan, die vier Kühe nannte man Selma, Maria, Ira und Rania. Die Kälbchen hießen Sarina und Eddy. Die beiden Schweine hatten die Namen Marischka und Lenka. Die Hühner rief der Bauer Tanja, Ivana, Larissa, Sonja und Melissa.

Das Pferd Ivan sagte zu uns: „Ihr könnt hier bleiben, nur lasst euch nicht vom Bauern erwischen, er mag keine Katzen. Er hat extra seinen Hund als Katzenfänger abgerichtet. Ihr braucht aber keine Angst vor ihm zu haben. Basko, so heißt er, ist sehr gutmütig." Und weil es mittlerweile ziemlich kalt draußen war, ließen wir uns nicht lange bitten. Der Kater erwachte wieder und wir berichteten ihm alles. Das gefiel ihm, er wurde bisher vom Leben noch nicht verwöhnt. Er erzählte uns, dass seine Mutter, als er acht Wochen alt war, nicht mehr vom Mäusefangen zurückgekommen sei. Bald darauf wurde er von den Tierfängern erwischt. Mir fiel ein, dass wir noch gar nicht wussten, wie er hieß, und ich fragte ihn nach seinem Namen. Den kannte er aber nicht, seine Mutter hatte immer *Schätzchen* zu ihm gesagt. So konnte ein Kater aber nicht heißen, da hätten ihn die anderen ausgelacht. Deshalb schlug ich ihm vor, dass wir ihn Thor nennen. Er war einverstanden. Er sollte später noch einmal meinen Weg kreuzen.

Langsam war es dunkel geworden, die Bewohner des Stalls wurden müde und auch uns fielen die Augen zu. Ich suchte mir mit Mienchen einen warmen Platz im Heu und Thor legte sich in die Nähe der Kuh Rania, die uns die Milch gab. Wahrscheinlich hatte er ein bisschen Angst. Ich schlief auch gleich ein und träumte.

In meinem Traum stand ich auf einer grünen Wiese, meine Mutter und meine Geschwister waren auch da. Ich spielte mit ihnen. Plötzlich wurde es sehr dunkel und ein großer schwarzbärtiger Mann kam auf uns zu und steckte uns in einen Sack. Er wollte uns ertränken, ich spürte das viele Wasser und riss mit meinen Krallen den Sack entzwei. Wir konnten alle fliehen. Dann liefen wir über eine Wiese mit vielen bunten Blumen und Schmetterlingen. Am Ende weideten Kühe und Pferde. Es war wie im Paradies.

Am anderen Morgen wachte ich auf und reckte mich ein bisschen. Da sah ich, wie Thor schon wieder am Euter von Rania hing. Mannomann, war der verfressen. Mienchen und ich durften auch bei ihr trinken. Nach dem Frühstück putzte ich mich erst einmal gründlich. Dann überlegte ich, was ich heute alles so anstellen könnte.

Als Erstes würde ich die Umgebung erkunden. Also ging ich aus der Scheune und war mächtig erschrocken, als ein riesiger Hund vor mir stand. Ich zitterte am ganzen Körper und plusterte mich auf, ich war doppelt so groß wie sonst. Doch auch der Hund hatte sich erschrocken, er fasste sich aber gleich wieder und sagte mit donnernder Stimme zu mir: „Wer bist du denn, wie kommst du hier her?" Aber ehe ich antworten konnte, stand Ivan neben mir und erzählte ihm unsere Geschichte. Er beruhigte sich und war sehr freundlich zu mir, aber auch er sagte, dass wir uns vor dem Bauern in Acht nehmen sollten. Später lief ich in den nahe gelegenen Wald und dort fing ich meine erste Maus, aber mittlerweile war ich ja auch schon zwölf Wochen alt, da wurde es langsam Zeit. Ganz stolz rannte ich in den Stall zurück und zeigte allen meinen Fang. Mienchen wollte sofort los, um sich auch eine Maus zu fangen. Thor klaute mir einfach meine Beute. Ich wurde sehr wütend und stürzte mich auf ihn. So kam es, dass wir den Bauern nicht kommen hörten. Der regte sich mächtig auf. Er nahm die Mistgabel und scheuchte uns durch die Scheune. Ein Glück, dass in der Tür ein kleines Loch war, wo wir hinaus schlüpfen konnten. Der Bauer rief seinen Hund und befahl ihm, uns zu fangen. Er tat auch so, als würde er uns suchen. Nach einer Weile pfiff er Basko zurück und meckerte mit ihm: „Was bist du nur für ein Hund, wenn du nicht einmal ein paar kleine Katzen finden kannst?" Wir warteten in unserem Versteck, bis der Bauer wieder ins Haus ging. Dann schlichen wir langsam in den Stall.

Die Tiere waren schon ganz aufgeregt, weil sie nicht wussten, ob der Bauer uns erwischt hatte. Wir konnten sie beruhigen. Dann gab es wieder Milch und Thor verdrückte die Maus, die ich schon längst vergessen hatte.

Nach ein paar Wochen mussten wir uns wieder vor dem Bauern verstecken, denn er stellte Rattenfallen auf. Das Pferd Ivan sagte zu uns: „Geht bloß nicht an die Köder in den Fallen, denn wenn sie zuschnappen, tut ihr euch fürchterlich weh." Mienchen und ich hatten das verstanden, aber Thor war so gierig, dass er sich beinahe verletzt hätte. Ein Glück, dass Lenka so schnell reagierte und ihn wegschubste, bevor er in eine Falle geriet. Der Kater war noch ein richtiges Baby, wir Katzenmädchen stellten uns schon viel geschickter an.

Uns gefiel es sehr gut auf dem Bauernhof, mittlerweile lebten wir drei Monate hier. Aber dann passierte etwas, das mein ganzes Leben änderte.

Emmy bekommt ein Frauchen

Der Bauer hatte Besuch aus der Großstadt, seine Schwester mit ihrer Tochter. Das Mädchen wollte immer mit den Tieren spielen. Jeden Morgen kam sie in den Stall und versuchte, alle zu streicheln. Wir versteckten uns immer sofort, denn es durfte niemand wissen, dass wir hier lebten.

Doch eines Tages schlief ich noch, als das Mädchen kam. Sie sah mich und nahm mich auf den Arm. Ich erschrak und wäre beinahe in Ohnmacht gefallen. Sie rannte mit mir zu ihrer Mutter und sagte zu ihr: „Schau mal, Mama, ich habe ein süßes weißes Kätzchen im Stall gefunden, darf ich es behalten?" Der Bauer ging auf uns zu und nahm mich ihr weg. Er fragte: „Wo hast du das Vieh her? Auf meinem Bauernhof dulde ich keine Katzen. Dieses Tier muss weg!" Die Kleine fing an zu weinen und bettelte, dass sie mich unbedingt mitnehmen möchte. Die Mutter konnte es ihr nicht abschlagen und sagte Ja. Daraufhin wurde ich in eine Schachtel mit Löchern gesteckt und am selben Tag fuhr ich das erste Mal Auto. Ich konnte mich nicht einmal von meinen Freunden verabschieden. Ich hoffte nur, dass es ihnen gut gehen wird.

Damals kam mir die Fahrt sehr lang vor, wenn ich aber gewusst hätte, dass ich später noch viel länger unterwegs sein würde, hätte ich mich bestimmt nicht aufgeregt.
Endlich hielt das Fahrzeug, die Kleine nahm mich mit der Schachtel aus dem Auto und ging ins Haus. In ihrem Zimmer ließ sie mich aus dem Karton und streichelte mich. Dann sagte sie: „Kätzchen, ich komme gleich wieder, ich hole dir nur schnell etwas zu essen." Das hörte sich gut an, denn ich hatte sehr großen Hunger. Außerdem musste ich dringend. Leider sah ich weit und breit kein Kistchen. Als dann das Mädchen wieder kam, miaute ich ganz laut, aber sie wusste nicht, was ich wollte. Ich ging zu dem großen Blumentopf,

der in der Ecke stand, und machte in die Erde. Die Kleine holte mich heraus und schimpfte mit mir. Doch dann begriff sie, dass ich irgendwo meine Notdurft verrichten musste. Sie holte eine Holzkiste mit Sand und stellte diese in das Badezimmer, das gleich neben ihrem Zimmer lag. In der Zwischenzeit schlug ich mir den Bauch voll. Das Mädchen gab mir den Namen Emmy-Selma, so hießen ihre beiden Puppen. Sie legte mir ein Halsband mit meinem Namen um. Der Name Emmy gefiel mir. Lenka, so hieß das Mädchen, behandelte mich aber nicht gut. Sie zog mir sehr oft Puppenkleider an, das war nichts für mich. Außerdem musste ich immer in ihrem Puppenwagen sitzen bleiben. Wenn ich dazu keine Lust hatte, war sie sehr grob. Sie holte mich wieder und stopfte mich zurück in den Wagen. Wenn es mir zu viel wurde, fauchte ich sie an. Einmal, als sie mir besonders weh tat, habe ich sie aus einem Reflex heraus gekratzt. Sie fing laut an zu weinen. Das hörte ihr Vater und er kam angerannt. Er sah, dass Lenka blutete. Er jagte mich aus dem Haus und sagte zu mir: „Lass dich hier bloß nicht mehr blicken, du blödes Vieh! Ich wusste gleich, dass es mit dir Ärger geben wird. Katzen gehören nicht ins Haus."
Ich lief schnell davon.

Emmy findet eine neue Familie

Nun war ich wieder auf mich allein gestellt. Es wurde gerade Sommer und es war schön warm, deshalb machte ich mir nicht allzu große Sorgen. Mäuse gab es genug, auch einen Schlafplatz würde ich sicher finden. Immer noch besser, als von einem Kind gequält zu werden.

Deshalb zog ich los. Es fiel mir ein, dass meine Mutter und ich früher immer in der Nähe von Hotels Futter bekommen hatten. Die Touristen gaben uns Katzen gern etwas zu fressen. Deshalb suchte ich ein Hotel. Lange brauchte ich nicht zu laufen, bis ich eines fand. Ich setzte mich an die Seite des Gartenrestaurants und beobachtete die Menschen.

Plötzlich kam ein kleiner Junge zu mir und streichelte mich. Seine Mutter tippte ihren Mann an und sagte zu ihm: „Schau mal, Siegbert, da sitzt ja eine weiße Katze, sie sieht unserem verstorbenen Kater Schneeball so ähnlich." Der Mann schaute zu mir, dann nahm er ein Stück Fleisch von seinem Teller und brachte es mir. Er meinte: „Na, du kleines Kätzchen, hast sicher Hunger. Komm, ich gebe dir ein bisschen Fleisch. Wahrscheinlich gehörst du hier niemandem. Wenn du willst, nehmen wir dich mit zu uns." Das ließ ich mir nicht zweimal sagen und gab ganz lieb Köpfchen und strich um seine Beine. Der Mann nahm mich auf seinen Arm, die Frau bezahlte die Rechnung und dann ging es zu ihrem Haus.

Wie ich später erfuhr, arbeitete er in der deutschen Botschaft und sie war Lehrerin. Außerdem wollte die Familie nur noch ein paar Monate in Rumänien bleiben.

Im Haus angekommen, bekam ich erst einmal Futter, dann schauten sie sich mein Halsband an und lasen meinen Namen. Sie nannten mich Emmy. Ich bekam ein eigenes Körbchen, ein Katzenklo und zwei Futternäpfe. Es stand auch immer eine Schüssel mit Wasser in der Küche. Ich durfte sogar im Bett schlafen.

Der kleine Junge, sein Name war Michael, hatte wenig Zeit für mich. Er musste früh in den Kindergarten und am Nachmittag spielte er meistens draußen mit den anderen Jungs Fußball. Mein Frauchen, das Heidi hieß, musste jeden Morgen in die Schule, sie unterrichtete Deutsch. Siegbert ging noch früher aus dem Haus. Doch dann kam der Tag, an dem ich das erste Mal in den Garten durfte. Ich tobte wie wild und war so froh, endlich wieder draußen zu sein. Nicht, dass es mir bei den Menschen nicht gefallen hätte, aber nur in der Wohnung zu bleiben, war nicht mein Ding. Es gab so viele interessante Sachen zu sehen, außerdem musste ich auch wieder einmal eine Maus fangen, damit ich nicht alles verlernte. Abends wollte ich oft nicht ins Haus, so gut gefiel es mir draußen.

Emmy verliebt sich

Dann geschah es, ich traf ihn. Er war ein großer, prächtiger Kater. Ich sah ihn und fühlte mich gleich zu dem Katermann hingezogen. Auch er mochte mich auf Anhieb. Wir verstanden uns prächtig, ich hatte Schmetterlinge im Bauch.

Leo, so hieß er, war wunderbar, er stupste mich an und leckte mein Fell. Er brachte mir Mäuse und einmal sogar einen Vogel. Wir liebten uns innig und zogen durch die Gegend. Es war einfach schön.

Einmal wäre ich bald unter die Räder gekommen, denn vor lauter Liebesgeplänkel hatte ich ein Auto übersehen. Gott sei Dank konnte der Fahrer in letzter Sekunde noch ausweichen. Wir kletterten gemeinsam auf Bäume und erschreckten die Vögel. Er zeigte mir seine Welt. Ein Streuner, der nie bei Menschen gelebt hatte. Er konnte nicht verstehen, dass ich trotz aller Liebe zu ihm, Sehnsucht nach meinen Menschen hatte. Mir fehlten die täglichen Streicheleinheiten und nicht zuletzt das gute Futter. Doch im Moment war ich einfach nur glücklich.

Wir zogen durch die Gärten und lernten viele andere Katze kennen. Es gab am Rande der Stadt auch eine große Katzenkolonie. Das erinnerte mich alles an damals, als ich noch bei meiner Mutter lebte. Auch hier wurden ab und zu Katzen eingefangen. Sie kamen nicht mehr zurück.

Deshalb war es mir nicht geheuer und ich wollte so schnell wie möglich von hier weg.

Leo und ich, wir liefen ein paar Meter, als uns der Geruch von gebratenem Fleisch in die Nase stieg. Wir schlichen näher und sahen eine Hochzeitsgesellschaft, die im Garten grillte. Ich hatte schon mächtigen Hunger, deshalb verlor ich meine Vorsicht und zeigte mich. Doch das war ein böser Fehler.

Ein paar halbwüchsige Jungs sahen mich und fingen mich ein, dann banden sie mir eine Blechdose an den Schwanz und ließen mich wieder frei. Durch den Krach war ich so erschrocken, dass ich auf einen Tisch sprang und mitten in der Hochzeitstorte landete. Da erschrak ich noch mehr und lief über die lange Hochzeitstafel. Dabei zerbrach eine Menge Geschirr und das schöne Essen fiel auf die Erde.

Gott sei Dank hatte der Pfarrer ein Einsehen mit mir, er fing mich und nahm mir die Dose vom Schwanz.

Ich rannte, was das Zeug hielt, Leo hinter mir her. Als ich mich ein wenig beruhigt hatte, leckte Leo mein Fell. Wahrscheinlich, weil die ganze Buttercreme von der Torte noch darin hing. Es dauerte lange, bis ich mich wieder beruhigte.

Dann verließ mich Leo, er wollte weiter. Ich war ihm nicht böse, denn langsam zog es mich wieder zu meinen Menschen. Außerdem wurde mein Bäuchlein immer dicker und mir war oft übel. Ich hatte Angst, dass ich krank sei. Deshalb lief ich auf dem kürzesten Weg zurück nach Hause.

Als ich dort ankam, war die Aufregung groß. Meine Leute hatten mich schon überall gesucht. Ich hätte gar nicht gedacht, dass sie mich so vermissten. Ich bin erst einmal in mein Körbchen und habe zwei Tage nur geschlafen.

Emmy wird Mutter

Ein paar Tage danach spürte ich, dass sich etwas in meinem Bauch bewegte, und instinktiv wusste ich, dass es Babys waren. Ich wurde Mutter, ich freute mich riesig! Meine Menschen hatten es auch schon bemerkt. Glücklich waren sie nicht gerade, denn ich hörte, wie Siegbert zu Heidi sagte: „Liebling, wir können die Babys nicht behalten. Wenn sie geboren sind, muss ich mir etwas einfallen lassen." Heidi antwortete: „Kann man die Kleinen nicht in gute Hände geben?" Er meinte: „Du weißt ja, dass es hier viel zu viele Katzen gibt, da nimmt sicher niemand ein Kätzchen. Mach dir aber keine Sorgen, ich lasse mir etwas einfallen. Töten werde ich sie auf keinen Fall. Es gibt doch hier diese Tierschutzorganisation, die rumänische Katzen nach Deutschland bringt. Mit denen werde ich mich in Verbindung setzen." Da war ich aber froh, dass man die Kleinen nicht gleich umbringen wollte, wie es hier so oft geschah.

Doch ein paar Tage dauerte es noch mit der Geburt. Heidi hatte mir eine schöne Wurfkiste gebastelt, die mir auch sofort gefiel. Michael drängelte jetzt schon und ließ mich kaum aus den Augen. Aber auch er musste einmal schlafen und da ging es bei mir los. Ich gebar, ohne Hilfe, zwei Kätzchen und einen Kater. Meine Babys sahen Leo sehr ähnlich, auch sie waren alle schwarz. Ich leckte sie trocken und sie ertasteten gleich meine

Zitzen und tranken gierig. Es waren die schönsten Kinder von der Welt. Ja, ich weiß, das sagt jede Mutter von ihren Kleinen.

Morgens, als meine Menschen aufstanden, sahen sie die Überraschung. Es war gleich um sie geschehen. Michael rief freudig aus: „Papa, da behalten wir aber eine Katze. Die sind so niedlich!" Siegbert sagte: „Wir werden sehen, jetzt müssen die Kleinen aber erst einmal groß werden." Das hörte sich sehr gut an, ich durfte sie alle behalten. Natürlich bekamen meine Kinder auch Namen. Der Kater wurde Micky genannt, die Mädchen hießen ab sofort Maja und Molly.

Emmy trifft Leo wieder

Es war sehr anstrengend, die Kleinen wollten nicht nur trinken, ich musste ihnen auch das Bäuchlein massieren, damit sie Kot absetzen konnten. Dann fingen sie an zu sehen und gingen auf Entdeckungsreise. Ich hatte alle Pfoten voll zu tun, damit ihnen nichts Schlimmes passierte.

Oft kümmerten sich auch meine Menschen um die Kleinen, damit ich ein paar Minuten meine Augen zumachen konnte. Die Babys gediehen prächtig, sie waren schon vier Wochen alt. Ich wollte ihnen zeigen, wie man Mäuse fängt, doch dazu musste ich in den Garten. Aber meine Menschen ließen mich nicht hinaus, sie hatten wohl Angst, dass ich nicht wiederkäme. Also musste ich mir etwas einfallen lassen.

Heidi lüftete immer jeden Morgen, und dabei machte sie die Terrassentür auf. Sie achtete darauf, dass ich nicht im Wohnzimmer war, wenn sie die Tür öffnete. Ich versteckte mich aber schon eine halbe Stunde vorher, sie dachte, ich sei bei den Kleinen. Als sie wieder ging, verschwand ich im Garten.

Ach war das herrlich, nach der langen Zeit endlich wieder die Freiheit zu genießen. Ich vergaß auch, warum ich im Garten war. Da standen meine Bäume und die wollten erklommen werden, außerdem wartete eine Überraschung auf mich. Leo war wieder da, er wollte wissen, wie es mir ging. Ich erzählte ihm, dass er Vater geworden war. Das freute ihn sehr, er wollte die Kleinen auch gleich sehen. Da erinnerte ich mich wieder daran, dass ich doch eine Maus fangen musste, um den Babys das Jagen beizubringen. Leo half mir dabei, als wir das Mäuschen hatten, gingen wir gemeinsam zur offenen Terrassentür.

Wir versteckten uns wieder, aber das war mit der quietschenden Maus gar nicht so einfach. Deshalb wollte ich sie am Kopf packen, doch ich hatte nicht damit gerechnet, dass das kleine Ding so schnell war. Hopps, da lief sie unter die Couch.

Dann kam auch noch Heidi zur Tür herein. Die Maus sah sie erst gar nicht, aber Leo nahm sie sofort wahr. Ich dachte, dass sie ihn gleich davonjagen würde, aber falsch gedacht. Heidi sprach ganz leise auf ihn ein, doch Leo hatte nie Vertrauen zu Menschen gehabt und landete in der Gardine.

Oje, da wurde mir vor Schreck gleich ganz übel und ich spuckte mein Frühstück auf den Teppich. Zu allem Unglück lief auch noch die Maus unter dem Sofa hervor. So schnell konnte ich gar nicht gucken, wie Heidi auf dem Tisch stand. Leo fiel mit der Gardine auf den Boden und die Maus lief durch die Terrassentür in die Freiheit.

Irgendwann kam Siegbert zur Tür herein und lachte wie ein Verrückter. Das war zu viel für Leo, er suchte sofort das Weite. Ich verkrümelte mich lieber und lief zu meinen Jungen, die mich auch schon sehnlichst erwarteten.

Am Abend hörte ich, wie Siegbert zu Heidi sagte: „Emmy wollte bestimmt dem Kater seine Kinder zeigen. Denn dass es der Vater war, habe

ich sofort gesehen. Unsere Kleinen sehen ihm zum Verwechseln ähnlich. Und der Papa ist mit Menschen wohl nicht sehr vertraut, sonst hätte er nicht solche Panik gehabt. Die Maus wollte Emmy wahrscheinlich ihren Kindern zeigen, damit sie auch das Mäusefangen lernen.
Ich denke, es ist das Beste, wir lassen unsere Katzenfamilie morgen in den Garten. Emmy wird sicher sehr gut auf ihre Babys aufpassen."

Als der Morgen kam, konnte ich es kaum erwarten in den Garten zu gehen. Micky, mein kleiner Draufgänger, rannte mir auch sofort hinterher. Maja schaute noch ein wenig ängstlich, doch als sie ihren Bruder sah, folgte sie uns. Nur unsere kleine Katze Molly hatte Angst und miaute. Sie sagte: „Mama ich bleib lieber hier." Ich konnte sie nicht überreden, mit mir mitzukommen. Doch später war sie die Letzte, die abends ins Haus wollte.

So vergingen die Wochen, meine Babys wuchsen heran und eines Tages wurden sie alle in eine Transportbox gesteckt und weggebracht. Ich suchte sie vergeblich, doch dann fügte ich mich in mein Schicksal. Die Natur hat es so eingerichtet, dass wir Tiere nicht lange um unsere Kinder trauern.

Emmy wird kastriert

Ein paar Tage später wurde auch ich in eine Transportbox getan und zum Tierarzt gebracht, dort bekam ich eine Spritze, und als ich wieder aufwachte, hatte ich eine Wunde unter meinem Bauch, sie nannten es *Kastrieren*. Ich sollte keine Babys mehr bekommen. „Es gibt zu viele arme Katzen, die in Rumänien leben", sagten meine Menschen. Für meine Schmerzen bekam ich Tropfen, so konnte ich sie einigermaßen ertragen. Wir Katzen kompensieren unsere Schmerzen und zeigen sie nicht. Die ersten Tage habe ich nur geschlafen. Doch dann ging es mir von Tag zu Tag besser. Ich musste noch einmal zum Tierarzt, um die Fäden ziehen zu lassen. Aber das tat nicht weh.

Einen Monat später änderte sich alles. Die Familie hatte kaum noch Zeit für mich. Abends, als sie nach Hause kamen, gaben sie mir zwar mein Futter, aber wenn ich spielen wollte oder schmusen, waren sie genervt. Sie sagten dann immer zu mir: „Emmy, du gehst mir auf den Geist, ich muss doch meine Sachen erledigen." So lag ich immer nur noch herum und wurde depressiv und durch die Kastration auch dick.

Einmal hörte ich Siegbert sagen: „Emmy muss unbedingt Diät machen. Wenn wir zurück in Deutschland sind, bekommt sie nicht mehr so viel Futter." Was meinte er „wenn wir in Deutschland sind"? Aber sie wollten mich mitnehmen, das war schon einmal sehr gut.

Emmy wird vergessen

Bald kam eine unruhige Zeit, sie packten Kartons, alles wurde verstaut. Das mochte ich gar nicht und deshalb ging ich jetzt öfter in den Garten und legte mich auf die Bank. Irgendwann wachte ich auf, es war schon sehr spät. Niemand hatte mich zum Abendbrot gerufen. Ich ging durch die Katzenklappe ins Haus, doch dort sah ich keine Möbel mehr, nur in der Küche stand noch der Herd. Meine Näpfe waren alle weg, auch mein Katzenklo und mein Körbchen. Dann ging das Licht an und zwei Frauen kamen herein. Die eine sagte: „Schau mal, Maria, die haben doch tatsächlich ihre Katze vergessen. Hier kann sie aber nicht bleiben, der neue Bewohner kommt morgen und der mag keine Tiere. Ich werde dem Hausmeister Bescheid sagen, dass er die Katzenklappe abbaut." Danach scheuchten sie mich aus dem Haus.

Wo sollte ich jetzt hin? Hunger hatte ich auch! Deshalb bin ich noch einmal zurückgegangen. Das hätte ich lieber lassen sollen. Der Hausmeister fing mich ein und trug mich zu seinem Auto. Er sagte: „Ich werde dich ins Tierheim bringen, die wissen, was sie mit dir machen." Oh nein, nicht in diese Tötungsstation! Das musste ich verhindern, deshalb biss ich ihm kräftig in die Hand. Er ließ mich los und ich rannte davon. Ich hörte noch, wie der Kerl sagte: „Blödes Katzenvieh, Wenn ich dich jemals wiedersehe, kannst du was erleben, dann schlag ich dich tot. Verschwinde bloß und komm nie wieder hier her. Nicht einmal deine Besitzer wollen noch etwas von dir wissen, sonst hätten sie dich nicht vergessen."

Emmy wieder auf der Straße

Ich lief soweit, bis ich in die Stadt kam.
Dort wanderte ich durch die nächtlichen Straßen und suchte nach Futter. Doch ich war nicht allein und viel zu fressen gab es nicht. Mäuse fand ich in der Großstadt auch kaum. Nachts gab es keine Touristen, die man anbetteln konnte. Ich legte mich hungrig in einen Karton, den irgendjemand weggeworfen hatte, und schlief ein. Es sollte nicht die einzige Nacht sein, die ich mit Hungern verbrachte.

Am anderen Morgen ging ich weiter und kam an ein Hotel, im Biergarten saßen schon mehrere Katzen, die immer wieder von den Kellnern verjagt wurden. Es war früh am Morgen und noch keine Touristen unterwegs. Deshalb musste ich warten! Ich fragte eine schwarze Katze, die es besonders schwer hatte, denn die Farbe schwarz war bei vielen Menschen die Farbe des Teufels, ob es in der Nähe eine Katzenkolonie gäbe. Denn dort kommt man einigermaßen zurecht. In einer Gemeinschaft kümmern sich die Stärkeren um die Schwachen. Sie antwortete: „Ja, auf dem Friedhof, der hier ganz in der Nähe ist, gibt es eine Kolonie, doch die nehmen keinen mehr auf. Es sind im Moment einfach zu viele Mütter mit ihren kleinen Kindern da. Warum fragst du? Du gehörst doch jemandem, so dick wie du bist." Da erzählte ich ihr meine Geschichte und es tat ihr natürlich leid, dass sie das zu mir gesagt hatte.

Sie meinte auch noch, ich solle mich vor den Tierfängern in Acht nehmen, denn von dort, wo man die Katzen hinbringt, kommt keiner mehr zurück. Da erzählte sie mir nichts Neues. Dann sagte sie: „Aber es gibt noch andere Menschen, die fangen uns Katzen ein und versorgen uns. Ein guter Freund von mir erzählte, dass diese Katzen in ein anderes Land zu guten Menschen kämen. Aber ob das stimmt, weiß ich nicht." Davon hatte ich noch nie etwas gehört. Ich wollte trotzdem mein Glück in der Katzenkolonie versuchen. Mittlerweile war ich schon so hungrig, dass es richtig wehtat. Plötzlich kamen vereinzelte Touristen und warfen uns Fleisch- und Wurststückchen zu, ich erhaschte ein paar und konnte somit meinen größten Hunger stillen. Auf dem Weg zum Friedhof kam ich an einem Garten vorbei, dort saß ein kleiner Igel, der aus einem Napf fraß.

Ich hatte immer noch großen Hunger und fragte ihn, ob ich etwas vom Futter abbekommen könnte. Er erlaubte es mir und ich sagte zu ihm: „Bekommst du hier immer Futter?" Er antwortete: „Ja, die Menschen hier sind sehr tierlieb."

Emmy bei netten Studenten

Ich überlegte nicht lange und blieb hier. Ich ging näher an das Haus und sah durch die offene Terrassentür ein paar junge Leute, sie saßen an einem langen Tisch und hatten Bücher vor sich liegen. Ich miaute ein bisschen und schon waren sie alle im Garten. Ich wurde gleich auf den Arm genommen und gestreichelt. Sie gaben mir Futter und anschließend nahmen sie mich mit ins Haus.

Ein blasser Rothaariger sagte zu den anderen: „Habt ihr etwas dagegen, wenn sie bei mir in meinem Zimmer schläft? Ich habe den meisten Platz und das Kätzchen wird sich sicher bei mir wohlfühlen." Die anderen stimmten zu. Doch erst einmal sahen sie sich das Halsband mit meinem Namen an und nannten mich, wie alle, Emmy. Ich bekam mit, dass der Rothaarige Tony hieß und aus Deutschland war. Außerdem gab es noch zwei Mädchen, die man Jessika und Nicole nannte, sie waren aus Belgien, und einen Justin, der stammte aus den USA. Sie studierten hier in Bukarest und lebten in dieser Wohngemeinschaft. Sie waren Freunde und für einander da. Hier sollte es mir sehr gut gehen, tja wenn da nicht der Hausbesitzer gewesen wäre. Doch erst einmal nahm mich Tony mit in sein Zimmer und ich schlief die erste Nacht in seinem Bett. Am anderen Morgen besorgte er ein Katzenklo und ein Körbchen für mich. Ich bekam mein Frühstück und dann durfte ich in den Garten.

Der Igel hatte auch schon Futter bekommen. Die Luft war mild und die Sonne schien heiß. Ich suchte mir ein lauschiges Plätzchen und schlief ein. Als ich wieder aufwachte, saß ein kleiner weißer Hund vor mir. Ich war vielleicht erschrocken! Doch er sagte gleich zu mir: „Du brauchst vor mir keine Angst haben, ich tu dir nichts. Ich gehöre Justin und er hat zu Hause auch noch drei Katzen, mit denen bin ich aufgewachsen. Ich mag euch Katzen, ihr seid so geheimnisvoll. Mein Name ist Bobby." Da war ich aber froh, denn wenn ich auf der Straße manchmal Hunde traf, waren sie meistens nicht nett zu mir.

Ich lebte eine Weile bei den Studenten. Der Igel, der Richard hieß, und Bobby wurden meine besten Freunde. Wir stellten eine Menge Unfug an.

Doch leider währte das alles nicht lange, eines Tages kam der Hauseigentümer und verbot den Studenten, Tiere im Haus zu halten. Justin sagte zu ihm: „Wenn der Hund raus muss, kündige ich." Daraufhin einigten sie sich, dass nur ich draußen bleiben sollte. Die Studenten bauten mir ein Häuschen, doch das gefiel mir gar nicht, deshalb zog ich weiter.

Nun musste ich die Katzenkolonie unbedingt finden und lief zum Friedhof. Als ich dort ankam, stellten sich mir zwei ältere Katzen in den Weg und fauchten mich an. Sie fragten mich: „Was willst du hier? Hier leben genug Katzen, auf weitere müssen wir verzichten." Doch dann kam mir der Zufall zu Hilfe.

Emmy trifft Mienchen wieder

Ich sah Mienchen wieder, auch sie hatte mich gleich erkannt. Sie meinte zu den beiden: „Lasst sie durch, ich kenne sie von früher." Da sagte die eine Katze zu mir: „Tut mir leid, aber es ist Selbstschutz. Wenn wir alle hier aufnehmen, haben wir für uns nicht genug Futter." Ich nahm es ihr nicht übel und ging zu Mienchen. Ich freute mich sehr, sie wiederzusehen. Wir stupsten gleich unsere Nasen aneinander. Ich fragte sie, wie es ihr ergangen sei.

Sie erzählte mir folgende Geschichte:

„Als du nicht mehr wiederkamst, haben wir uns große Sorgen gemacht. Wir sind dich suchen gegangen. Ich bin weitergelaufen, auf einem Parkplatz stand ein Auto mit einer offenen Heckklappe. Ich war sehr müde und bin hineingekrochen. Dann bin ich eingeschlafen, plötzlich wachte ich durch die Fahrgeräusche auf und habe angefangen zu miauen. Da hat der Fahrer mich aus dem Auto gelassen. Ich irrte erst umher, bis ich auf diesem Friedhof kam. Damals waren noch nicht so viele Katzen hier und deshalb wurde ich auch gleich aufgenommen.

„Aber sag, wie ist es dir ergangen, Miezi?". Ich erzählte ihr alles, was ich bisher erlebt hatte und dass mein Name jetzt Emmy sei. Da meinte sie: „Oje, da hast du ja schon viel mitgemacht. Aber dein Name gefällt mir sehr."

Emmy in der Katzenkolonie

Sie zeigte mir den Friedhof und ihren Schlafplatz, es gab auch ein paar Futterstellen, wo viele Näpfe standen. Mienchen erklärte, dass fast jeden Tag zwei Frauen kämen und Futter brächten. Später stellte sie mir die einzelnen Katzen und Kater vor. Ab und zu wurden ein paar Katzen eingefangen und kamen nach einer Weile wieder, dann hatte man sie kastriert.

Es gab einen Kater, der Aljoscha hieß. Er kümmerte sich liebevoll um die Kleinen, fing Mäuse und leckte den Kätzchen die Ohren aus. Es wohnte seit ein paar Wochen eine ganz alte Katze hier. Sie hatte es bisher immer gut gehabt. Leider verstarb ihr Herrchen vor Kurzem und seine Verwandtschaft wollte sie nicht haben. Deshalb wurde sie einfach an einen Baum gebunden. Ein Glück, dass die Leine nicht fest genug war und sie sich befreien konnte. Sie hatte es sehr schwer, sich an unser Leben zu gewöhnen.

Hier lebten auch noch zwei Siamkatzen. Die Armen wurden einfach aus dem Haus gejagt. Ihr Besitzer wollte, nach der Scheidung von seiner Frau, sie nicht mehr versorgen.

Natürlich gab es auch Katzen hier, die noch nie in ihrem Leben eine Familie kennengelernt hatten. Denen ging es besser als uns, denn sie kannten nicht den Schmerz in der Brust und die Sehnsucht nach Liebe und Streicheleinheiten.

Ich dachte an Thor, was war wohl aus dem süßen kleinen Katerjungen geworden? Hoffentlich ging es ihm gut. Ich wusste ja noch nicht, dass ich ihn eines Tages wiedersehen würde und er jetzt bei einer Familie lebte, die sich um arme Katzen kümmerte. Man sagt auch zu ihnen *Pflegefamilie*. Das sind Leute, die uns Katzen nur für eine bestimmte Zeit aufnehmen, bis uns liebe Menschen adoptieren.

Hier in der Kolonie ging es mir ganz gut. Wir halfen uns gegenseitig. Da waren ja auch noch die beiden Frauen, sie fütterten uns und wenn mal einer krank war, wurde er versorgt. Trotzdem hatte ich Sehnsucht nach einer richtigen Familie. Ich vermisste meine Streicheleinheiten und die Liebe, die man mir gegeben hatte.

An einem schönen Tag, die Sonne schien, wollte ich ein bisschen auf Entdeckungsreise gehen. Ich wanderte langsam einen Feldweg entlang, fing mir eine Maus und lies sie mir schmecken. Dann kam ich zu einem Schrottplatz. Ich dachte an mein bisheriges Leben und an die Menschen, die ich kennengelernt hatte.

Emmy wird verletzt

Weil ich so in Gedanken war, merkte ich nicht, dass mich jemand beobachtete. Bis er plötzlich vor mir stand, ein sehr wild aussehender, großer Hund. Er knurrte mich an: „Na wen haben wir denn hier, mein Abendessen? So ein schönes dickes Kätzchen, da habe ich lange was davon." Ich war so erschrocken, dass ich zur Salzsäule erstarrte.

Doch dann wollte ich schnell davonrennen, leider erwischte er mich am Hinterteil und verletzte mich schwer. Ein Glück, dass eine Frau ihn verjagte. Sie nahm mich auf den Arm und brachte mich in ihr Haus. Ich war lange krank und sie pflegte mich gesund. Sie hieß Nadine und kam ursprünglich aus Frankreich. Sie arbeitete in Rumänien als Sozialarbeiterin und betreute die Straßenkinder von Bukarest. Denen ging es genauso schlecht wie uns Tieren.

Nadine war eine sehr sanftmütige Frau. Wenn sie mich aus ihren warmen braunen Augen anschaute und mit ihrer zarten Stimme sprach, musste ich sofort schnurren. Bei ihr lebten schon drei Katzen, auch alle von der Straße, wie diese mir später erzählten. Nach ein paar kleinen Auseinandersetzungen verstanden wir uns alle gut. Es gab einen Kater mit dem Namen René, und zwei Katzen, die Michelle und Claudette hießen. René war ein wunderschöner Roter. Michelle hatte schwarzes Fell mit weißen Söckchen. Claudettes Fell war schwarz mit weißen Flecken. Zu ihr fühlte ich mich sofort hingezogen. Sie gab mir gleich Köpfchen und stupste mich mit ihrer Nase an. Nadine hatte sie in einem verlassenen Haus gefunden, als Claudette erst drei Wochen zählte. René war ihr zugelaufen und Michelle hatte Nadine einem Straßenjungen abgekauft, er wollte sie gerade töten. Da ich noch nicht richtig laufen konnte, durfte ich bei ihr im Bett schlafen. Die anderen Katzen mussten draußen bleiben, sie waren ein wenig eifersüchtig. Deshalb blieb ich auch am Tag im Schlafzimmer. Es war sehr langweilig, doch als Nadine merkte, dass ich von Claudette nichts zu befürchten hatte, kam sie auch mit ins Zimmer. Langsam wurde ich wieder gesund und durfte nicht mehr ins Bett. Nadine ließ mich zu den anderen und weil wir rumänischen Straßenkatzen sehr sozial sind, verstanden wir uns. René war der Anführer und der, der am meisten ausheckte. Er kippte die Blumenvase um oder klaute die Wurst vom Teller. Nadine hatte ihre wahre Not mit ihm. Doch sie wäre nie auf den Gedanke gekommen, ihn wegzugeben. Sie liebte jeden einzelnen von uns.

Auch wenn Nadine nicht viel verdiente, so hatten wir doch ein schönes Leben bei ihr. Wir durften sogar in den kleinen Garten, der hinter ihrer Wohnung lag. Dort spielten und tobten wir sehr ausgelassen.

Emmy und Mischa

Ich war nun wieder völlig gesund. Eines Tages öffnete sich die Tür und Nadine trat mit einem Fremden ein. Sie zeigte ihm uns Katzen, doch er konnte einfach nicht verstehen, dass man sich Katzen in der Wohnung hielt. Wir gehörten nach draußen und nicht ins Haus. Später revidierte er seine Meinung, als er uns erst einmal besser kennenlernte. Aber wie sollte er es auch anders wissen?

Mischa, so hieß ihr Freund, war in einer Arbeitersiedlung in Bukarest aufgewachsen. Katzen und Hunde gab es dort viele, aber kein Tier durfte in die Wohnung. Wenn ein Kind doch manchmal einen Welpen mitnahm, weil es ihn so niedlich fand, bekam es von seinen Eltern Prügel.

Nadine hatte sich in Mischa verliebt und er zog bei ihr ein. Am Anfang stand er uns Katzen sehr skeptisch gegenüber, doch so nach und nach mochte, nein, liebte er uns. Wir konnten ihn sehr schnell um unsere Pfoten wickeln. Das ging sogar so weit, dass er schon beim kleinsten Niesen mit uns zum Tierarzt wollte.

Eines hatte ich in meinem kurzen Leben schon gelernt: Es gibt Menschen, die lieben uns von Anfang an, dann gibt es Menschen, die lernen uns lieben, und dann gibt es noch die, die uns in Ruhe lassen und gleichgültig uns gegenüber sind. Und zuletzt gibt es solche, die uns hassen und quälen, vor denen musste man sich in Acht nehmen!

Mischa gehörte eindeutig zu denen, die uns lieben lernten. Claudette war seine Favoritin. Weil sie so früh von ihrer Mutter getrennt wurde, nuckelte sie immer an seinem Shirt. Da schmolz er nur so dahin. Aber auch wir anderen durften oft auf seinem Schoß sitzen und auch mit ins Bett, obwohl das Nadine nicht so gerne sah. Sie sagte immer, dass die Katzen ihr kaum Platz zum Schlafen ließen. Doch dann fügte sie sich in ihr Schicksal.☺

Eines Morgens stand Mischa ganz früh auf und ging in die Küche. Erst bekamen wir unser Futter, dann packte er einen Picknickkorb und holte unsere Transportboxen. Wir wurden immer zu zweit eingepackt und dann weckte er Nadine. Er sagte zu ihr: „Steh auf, du Langschläferin, ich habe eine Überraschung für dich.“ Er küsste sie ganz lange. Sie machte sich fertig und dann ging es los. Wir wurden ins Auto verfrachtet und auf die Rückbank gestellt. Nadine nahm vorn neben Mischa Platz. Wir fuhren an einen kleinen See und Mischa breitete eine Decke aus, worauf er den Korb stellte. Wir durften aus den Boxen heraus. Wir aßen das, was Mischa eingepackt hatte. Alles war sehr lecker. Und dann kniete sich Mischa vor Nadine und fragte sie: „Mein Schatz, möchtest du meine Frau werden?“ Sie hatte Tränen in den Augen und hauchte ein zartes „Ja, sehr gerne.“ Dann nahm er sie in seine Arme und küsste sie. Mir wurde langweilig, deshalb beschloss ich, ein paar Meter zu gehen. Es musste ja nicht weit sein. Bis die beiden mit ihrer Küsserei fertig wären, würde ich sicher wieder zurück sein. Doch dann ergriff mich das Jagdfieber, ein kleiner Hase hatte im Gras geraschelt. Ich rannte hinter ihm her und entfernte mich immer mehr von den anderen. Den Hasen fing ich nicht und dann merkte ich, dass ich mich verlaufen hatte. Ich stand mitten in einem Wald.

Ich wusste nicht mehr, in welche Richtung ich musste. Ich dachte: „Ich werde hier warten, sie suchen mich sicher schon." Woher sollte ich wissen, dass Nadine und Mischa in die entgegengesetzte Richtung gingen?

Langsam wurde es dunkel und ich hatte entsetzliche Angst. Hier gab es so viele Geräusche, die ich nicht zuordnen konnte. Ich legte mich in eine Kuhle und schlief ein. Auf einmal wurde ich hochgehoben. Ich schaute in ein schönes, exotisches Frauengesicht, sie sprach beruhigend auf mich ein.

Emmy bei den Roma

Sie sagte zu mir: „Weißes Kätzchen, wie kommst du denn hier her? Du bist ja eine Schönheit. Möchtest du mit uns gehen?" Ich konnte ihr zwar nicht antworten, aber weil sie so nett war und ich eine neue Bleibe brauchte, legte ich mein Köpfchen an ihre Schulter, das überzeugte sie gänzlich. Sie lies mich herunter und ich lief ihr hinterher. Wir kamen auf eine Lichtung, dort standen viele Wohnwagen. In der Mitte war ein Lagerfeuer, da saßen ganz viele Leute mit ihren Kindern. Alle hatten schwarze Haare und braune Haut, es waren Roma. Ihr müsst wissen, dass sie es noch nie gut in dieser Welt hatten, sie wurden von vornherein als arbeitsscheu und kriminell bezeichnet, nur weil sie nie lange an einem Ort bleiben konnten. Sie hießen auch das *fahrende Volk*. Es lag ihnen einfach im Blut, nie länger als ein paar Monate irgendwo zu verweilen. Als sie mich sahen, wollte mich jeder streicheln.

Ein kleiner Junge fiel mir gleich auf, er hatte so traurige Augen. Sein Name war Santino. Er fragte die Romni, ob er mich einmal halten dürfe? Sie sagte zu ihm: „Santino, wenn du willst, darfst du für das Kätzchen sorgen." Er war sehr glücklich, seine Augen strahlten. Er fragte: „Sie gehört jetzt ganz allein mir?" Die Romni antwortete: „Eine Katze gehört, wie wir Roma, niemandem. Sie liebt die Freiheit, wie auch wir uns nicht unterjochen lassen. Doch darf man eine Weile für sie sorgen, vielleicht ein Leben lang, vielleicht aber auch nur eine gewisse Zeit. Das werden wir sehen, doch jetzt darfst du sie erst einmal füttern, das arme Ding hat bestimmt Hunger." Das hörte sich gut an, ich freute mich, endlich die Menschen gefunden zu haben, die mich verstanden. Oh wie sollte ich mich geirrt haben.

Santino war ein lieber kleiner Junge, seine Mutter starb sehr früh, er lebte mit seiner Tante zusammen. Seinen Vater hatte er nie kennengelernt. Er war immer ein bisschen traurig und spielte kaum mit den anderen Roma Kindern. Deshalb freute er sich sehr, dass er mich hatte. Er erzählte mir alle seine Geheimnisse und kümmerte sich rührend um mich. Wir gingen oft gemeinsam in den Wald und er zeigte mir seine Lieblingsplätze.

Dann zogen wir alle weiter, ich durfte bei Santino im Wohnwagen mitfahren. Wir fuhren in eine größere Stadt. Die Roma suchten sich dort Gelegenheitsjobs. Santino musste mit den anderen größeren Kindern in die Schule. Die Frauen gingen mit ihren kleinen Kindern betteln. Ich blieb mit Lea, einer türkischen Hütehündin, alleine im Lager.

Erst hatte ich Angst vor ihr, denn mein damaliges Zusammentreffen mit dem bösen großen Hund hatte ich nicht vergessen. Doch dann merkte ich, dass Lea eine nette Hündin war. Wir tobten oft um die Häuser, es wurde uns nie langweilig. Lea stibitze ab und zu ein Stück Fleisch oder Wurst, das sie dann mit mir teilte.

Eines Tages fand ein großes Fest statt. Alle setzten sich an eine lange Tafel, um zu essen. Ich hatte auch schon einen mächtigen Hunger und bettelte bei Santino. Doch er merkte es nicht, deshalb sprang ich auf den Tisch und stibitze mir eine gebratene Hühnerkeule. Das sahen einige Kinder und rannten hinter mir her. Ich floh über Tische und Stühle und riss eine Menge herunter. Dann sprang ich in Santinos Arm. Ich dachte, dass sie mich jetzt bestimmt ausschimpfen würden. Doch fast alle lachten und hatten Tränen in den Augen. Sie waren eben ein lustiges Völkchen und so ganz anders als die meisten Menschen, die ich bisher kennengelernt hatte.

Am anderen Tag zogen wir in die nächste Stadt. Dort stellten die Roma auf dem Platz einer alten Ziegelei ihre Wohnwagen ab.

Santino und ich, wir spielten immer in den alten, zerfallenen Häusern. Ich suchte Mäuse und er nach versteckten Schätzen.

Eines Tages, draußen war es schon früh dunkel geworden, geschah es. Der Junge fiel in eine tiefe Grube. Niemand hörte ihn schreien, außer Lea und ich. Sie kam bellend angelaufen. Santino sagte zu ihr: „Lea, geh und hole schnell Hilfe, ich glaube ich habe mir das Bein gebrochen." Lea rannte los und ich sprang zu dem Jungen in die Grube und tröstete ihn. Es dauerte auch nicht lange, bis ein paar Roma mit Lea angerannt kamen. Sie holten Santino aus der Grube und brachten ihn zu den Wohnwagen. Gott sei Dank war sein Bein nur verstaucht. Nach ein paar Wochen konnte er schon wieder springen.

Wir verbrachten die meiste Zeit zusammen, ich liebte diesen sanftmütigen Jungen. Doch eines Abends änderte sich alles. Rodriges, ein immer mit sich und anderen unzufriedener Rom, war wieder einmal betrunken und in diesem Zustand wollte er mich hochheben. Doch dabei tat er mir weh und ich kratzte ihn. Er warf mich in die Ecke und nahm den erstbesten Gegenstand, den er finden konnte, und wollte mich damit erschlagen. Er hörte erst auf, als ihn drei Männer zurückhielten. Seit der Zeit bekam ich immer einen Tritt, wenn er mich sah. Ich versuchte, ihm aus dem Weg zu gehen. Doch unser Lager war klein, ich hatte auch das Gefühl, dass er mir immer wieder auflauerte. Besonders schlimm war es, wenn er getrunken hatte, da bekam auch oft Santino eine Ohrfeige. Der Junge war deshalb todunglücklich. Ich fasste den Entschluss, dass ich weiterziehen musste, denn der arme Junge sollte meinetwegen nicht leiden. Ich verabschiedete mich mit einem Nasenstüber von ihm, als er schlief.

Emmy auf der Wanderschaft

Nun war ich wieder allein. Ich sah mich um, wo sollte ich hin? Zurück in die Stadt wollte ich nicht. Im Moment mochte ich nicht zu den Menschen, deshalb ging ich in die Richtung, wo ich die Berge sah. Ich lief und merkte, dass ich Hunger hatte. Deshalb hielt ich nach einer Maus Ausschau, doch dann sah ich einen größeren Vogel und schlich mich an.

Ich erwischte ihn mit einem Sprung genau in dem Moment, als er abfliegen wollte. Ich ließ ihn mir schmecken. Danach war ich so satt, dass ich erst einmal ein Schläfchen halten musste. Ich suchte mir ein schönes Plätzchen unter einem Strauch im weichen Moos. Ich schlief ein und träumte von einer Frau und einem Mann, die mich mit in ihre Wohnung nahmen, von einem Kumpel, der mir meine Ohren putzte und von einem schönen großen Garten.

Dann wachte ich auf, es wurde langsam dunkel und ich hatte schon wieder großen Hunger, deshalb fing ich mir eine Maus. Als ich sie verspeist hatte, zog ich weiter. Ich kam am Fuß des Berges an. Weil wir Katzen im Dunkeln gut sehen können, war ich fasziniert von der Größe des Berges. Ich suchte mir ein Nachtlager in einer kleinen Höhle und schlief ein.

Irgendwann, mitten in der Nacht, wachte ich auf. Ein seltsames Geräusch hatte mich geweckt. Als ich die Augen öffnete, bekam ich einen Schreck: Ein großer Kopf mit schrägstehenden gelben Augen schaute mich an.

Es war ein Wolf, der wohl auch ein Nachtlager suchte. Wölfe hatte ich noch nie gesehen, aber meine Mutter erzählte damals sehr viel von ihnen. Man musste sich vor Wölfen in Acht nehmen. Doch dieser Wolf war noch jung. Hungrig schien er auch nicht zu sein, eher neugierig. Er schnüffelte an mir, dann drehte er sich um und ging davon. Mir fiel ein Stein vom Herzen, das hätte schlimm ausgehen können.

Jetzt wollte ich doch nicht in den Bergen leben.
Gleich am anderen Morgen zog ich weiter.

Emmy und der alte Mann

Ich kam an einen Berghang, dort standen vereinzelte Hütten, die sahen ziemlich heruntergekommen aus. Ich hatte mächtigen Kohldampf, bis jetzt war noch keine Maus in meine Fänge geraten. Deshalb suchte ich im Abfall nach etwas Essbarem, doch ich fand nichts, was ich futtern konnte. Dann warfen Kinder Steine nach mir. Überall gab es sehr ärmlich gekleidete Menschen und viele Hunde und Katzen. Alle sahen ausgemergelt aus. Wo war ich hier bloß gelandet? Ein alter Mann kam aus seiner Hütte und schimpfte die Kinder aus. Die liefen auch gleich davon. Der alte Herr nahm mich auf den Arm und streichelte mein Köpfchen, dann sagte er zu mir: „Armes Kätzchen, musstest wohl schon viel in deinem kurzen Leben erleiden? Bist ja ganz mager, komm mit in meine Hütte, ich gebe dir etwas zu essen. Viel ist es nicht, doch für dich wird es sicher noch reichen." In der Hütte sah es sehr ordentlich aus, auch wenn es etwas ärmlich war. In der Ecke stand ein schiefes Bett, das er sich aus Brettern zusammengebaut hatte. Außerdem ein Tisch und zwei Stühle, ein Herd und eine alte Kommode. Der alte Herr goss mit Wasser verdünnte Milch in ein Schälchen und brockte ein paar Stücke Brot hinein. Und weil ich sehr hungrig war, schlang ich alles in Sekundenschnelle hinunter.

Danach nahm mich der alte Mann wieder auf

den Arm und schaute mein Halsband an. Er sagte zu mir: „Ah, du heißt Emmy-Selma, ich hoffe, du hast nichts dagegen, wenn ich dich nur Emmy nenne?" Nö, hatte ich nicht! Dann hörte ich ein lautes Krächzen und erschrak. Über mir saß auf einer Stange ein großer bunter Vogel mit einem krummen Schnabel.

Der alte Mann, sein Name war Vasile, stellte mir den Papagei vor, er hieß Laszlo. Laszlo und ich sollten noch sehr gute Freunde werden. Doch im Moment war mir der Vogel nicht sehr geheuer. Ich hatte ein bisschen Angst vor ihm. Doch allmählich gewöhnten wir uns aneinander. Manchmal aßen wir sogar aus einem Napf. Eigentlich war ich immer hungrig, denn viel hatte der alte Mann nicht zu essen. Er gab mir oft Kartoffeln oder Reis mit Soße, doch davon bekam ich Durchfall. Sehr selten waren ein paar Brocken Fleisch übrig.

Deshalb fing ich uns ab und zu ein Kaninchen. Ich brachte es Vasile und er kochte oder briet es für uns. Für Laszlo sammelte der alte Herr Beeren, Nüsse und Samen. Fleisch mochte Laszlo nicht, nur manchmal ein paar Stücke von meinen Kartoffeln.

Ich begleitete Vasile immer dabei. Wenn er genug gesammelt hatte, machten wir Rast und er erzählte von seiner Tochter. Sie war nach Ungarn gezogen, um dort zu arbeiten. Ihr ging es recht gut, Vasile bekam von ihr jede Woche einen Brief. Darin erzählte sie ihm, dass sie in einer kleinen Wohnung lebe und die Arbeit ihr gefallen würde. Sie hatte auch eine Katze. Vasile fehlte seine Tochter sehr.

Im Herbst liefen wir oft in den Wald und er sammelte Beeren, die er zu Hause verarbeitete. Das wurden die Vorräte für den Winter.

Er trocknete jetzt oft das Fleisch, was ich ihm brachte. Manchmal gingen wir zum Fischen und wenn er etwas gefangen hatte, nahm er den Fisch gleich aus und gab mir die Innereien. Der Rest wurde gekocht, getrocknet oder eingefroren.

Manchmal sagte er zu mir: „Emmy, dich hat mir der liebe Gott geschickt. Seitdem du bei mir bist, geht es mir sehr gut. Man braucht zum Leben ein Dach über dem Kopf, genug zu essen und einen lieben Freund. Du bist das Beste, außer meiner Tochter, was mir im Leben je passiert ist." Doch dann schaute Laszlo ganz traurig und der alte Mann sagte gleich noch hinterher: „Laszlo, du gehörst natürlich auch mit dazu, dich habe ich nicht vergessen." Leider dauerte unser Zusammenleben nicht lange.

Eines Tages, ich kam gerade von einem nächtlichen Streifzug zurück, saß Vasile in seinem Stuhl. Ich sprang auf seinen Schoß und gab ihm einen Nasenstüber. Da fiel er nach vorne und blieb auf dem Fußboden liegen. Er war eingeschlafen und nicht mehr aufgewacht. Ich wurde unendlich traurig, denn ich liebte ihn sehr. Laszlo fing sofort an zu zetern und konnte nicht mehr aufhören. So kam es, dass eine Nachbarin nach uns sah und Vasile fand. Sie fing an zu schreien und rannte aus dem Haus, sie trommelte die ganze Nachbarschaft zusammen. Die kümmerten sich um den Toten, mich jagten sie aus dem Haus. Laszlo nahm ein kleiner Junge mit nach Hause, was aus ihm geworden ist, weiß ich leider nicht.

Da die meisten Bewohner dieser Siedlung mir gegenüber sehr feindselig waren, bin ich lieber ganz schnell verschwunden. Sie duldeten mich nur so lange, wie Vasile lebte, jetzt brauchten sie keine Rücksicht mehr zu nehmen. Die Menschen hatten selbst nicht genug zu essen, deshalb wollte keiner noch ein nutzloses Tier durchfüttern. Selbst die Mäuse ergriffen die Flucht.

Ich blieb ein paar Tage im Wald, doch dann zog es mich zurück zur Hütte. Ich sah, dass ein Fenster einen Spalt offen stand, und hüpfte auf die Fensterbank, von dort bin ich in die Küche gesprungen. Ich schlich zum Wohnzimmer und war total erschrocken: auf dem Sofa lag jemand. Doch dann siegte meine Neugier und ich schaute nach, wer das war.

Eine junge Frau lag dort und schlief. Ich kuschelte mich an sie und dadurch erwachte die Frau. Sie sagte zu mir: „Du bist also das hübsche Katzenmädchen Emmy, mein Vater hat in seinen Briefen schon viel von dir erzählt. Ich habe dich schon gesucht, du kannst hier nicht allein bleiben. Ich werde dich morgen mit nach Ungarn nehmen.“

Ich verstand zwar nicht richtig, was sie meinte, aber dass sie Katzen liebte, dass spürte ich sofort. Sie hatte dieselben gütigen Augen wie Vasile.

Nach dem Frühstück, was mir vorzüglich schmeckte, setzte mich Maria, so hieß die Tochter von Vasile, in einen Transportkorb und stellte diesen in ihr Auto. Dann fuhren wir los. Es war eine lange Fahrt, zweimal haben wir angehalten und ich konnte mir ein bisschen die Beine vertreten.

Dann erreichten wir Budapest, Maria wohnte in einem Mietshaus im Erdgeschoß. Sie brachte mich in ihre Wohnung und ließ mich aus der Transportbox. Ich roch sofort, dass hier noch eine andere Katze lebte.

Neugierig schaute ich mich in der Wohnung um, plötzlich kam mir ein schwarzer Kater entgegen, er war überhaupt nicht aggressiv. Er stupste mich mit seiner Nase an und sagte: „Hallo, ich bin Stany und wer bist du?" – „Mein Name ist Emmy und ich komme aus Rumänien", antwortete ich ihm. „Mein Herrchen ist vor Kurzem gestorben und seine Tochter hat mich mit hierhergenommen." Stany zeigte mir die ganze Wohnung und meinen Schlafplatz.

Maria war froh, dass wir uns verstanden. Jetzt hatte ich genug zu essen, einen Kumpel, mit dem ich toben konnte, und ein Frauchen, das mich liebte. In den Garten, hinter ihrer Wohnung, durfte ich später auch. Es war ein schönes Leben. Jeden Abend saßen wir drei eng aneinander gekuschelt und sahen fern. Maria streichelte uns,

Stany leckte mir das Fell oder ich seines.

Er war ein sehr guter Freund. Wenn andere Kater in unseren Garten kamen und sich mit mir anlegen wollten, verjagte er sie gleich. Einmal, in einer dunklen Nacht, wollte jemand bei uns einbrechen. Stany weckte Maria, indem er ihr in die Nase biss. Erst wusste sie gar nicht, was los war, doch dann hörte sie Geräusche und rief die Polizei. Der Kater bekam dafür gleich Leckerlis, natürlich gab sie mir auch welche.

Eines Tages kam Maria abends nicht nach Hause, das war ungewöhnlich, denn sie vergaß uns nie. Auch am anderen Morgen kam sie nicht. Wir hatten schon mächtigen Kohldampf. Abends war auch nichts von ihr zu sehen. Was war bloß los mit ihr? Wir machten uns große Sorgen.

Am anderen Tag ging die Tür auf, doch es war nicht Maria, eine fremde Frau kam herein. Sie gab uns Futter und sagte zu uns: „Ihr armen Mäuse, euer Frauchen hatte einen schweren Unfall und liegt im Krankenhaus. Ein Glück, dass in ihrer Brieftasche ein Zettel steckte, auf dem sie mitteilte, dass, wenn ihr was passiere, sich jemand um ihre Katzen kümmern müsse. Ich habe ihn aber erst heute Nacht gesehen. Ich werde euch fürs Erste mit zu mir nehmen, bis Maria wieder gesund ist."

Emmy bei Ilonka und Ferenc

Also zog ich mit Stany zu Ilonka, sie lebte mit ihrem Mann, Ferenc, in einem schönen Haus am Stadtrand. Hier gefiel es mir ganz gut, leider waren die beiden selten zu Hause.

Ilonka arbeitete als Krankenschwester und im Schichtdienst, Ferenc verdiente als Architekt sein Geld und blieb bis spätabends auf seinen Baustellen.

Stany und ich langweilten uns oft, deshalb stellten wir eine Menge Unfug an. Das wiederum gefiel Ilonka gar nicht, sie schimpfte mit uns, und als wir auch noch die Tapeten abkratzten, war sie außer sich.

Sie sagte zu ihrem Mann: „Wenn das so weitergeht, muss ich die Katzen weggeben. Maria wird sicher noch eine Weile in der Reha bleiben müssen und ob sie überhaupt jemals wieder die alte sein wird, weiß auch keiner. Durch ihre schwere Kopfverletzung hat sie große Gedächtnislücken. An ihre Katzen erinnert sie sich jedenfalls nicht mehr. Sie kann sich auch gar nicht um sie kümmern. Ich wollte nie Tiere und dann gleich zwei solche Rabauken, das kann ich nicht mehr länger aushalten."

Ferenc antwortete: „Wenn du es so möchtest, dann bringen wir sie morgen ins Tierasyl, ich habe mich zwar schon ein bisschen an sie gewöhnt, aber wenn du unglücklich bist, ist es besser so."

Stany und ich haben uns nichts dabei gedacht,

denn wir kannten kein Tierasyl. Wenn wir es vorher gewusst hätten, wären wir sicher abgehauen."
Trotzdem ahnte ich, dass irgendetwas geschehen sollte, deshalb waren wir an dem Abend ganz brav, doch es hatte uns nichts genutzt.

Emmy im Tierheim

Am anderen Morgen stecke Ilonka uns in die Transportboxen und fuhr mit uns Auto. Nach einer Weile hielt sie an und brachte uns ins Tierasyl. Sie erzählte, dass ihre Tochter eine schlimme Katzenhaarallergie hätte und sie ganz traurig sei, aber das Leben ihres Kindes gehe vor. Sie streichelte uns noch einmal übers Fell und weg war sie. Die Tierheim-Angestellte sagte vorher noch zu ihr: „Die beiden werden wir sicher schnell vermitteln, denn Schwarz und Weiß passen hervorragend zusammen." Sie sollte sich ziemlich geirrt haben.

Die Angestellte brachte uns in ein großes Zimmer, wo schon viele andere Katzen und Kater lebten. Einer fauchte uns auch gleich an und sagte: „Hier bin ich der Chef, ihr habt zu machen, was ich sage." Stany beeindruckte das kein bisschen, er schaute ihn an und dann drehte er ihm das Hinterteil zu. Der „Chef" schnauzte ihn an: „He, du, ich rede mit dir!" – „Ich aber nicht mit dir", antwortete Stany. Er ließ ihn links liegen und ging zu einem Kratzbaum.

Der andere Kater war erst einmal sprachlos, das konnte er nicht auf sich sitzen lassen. Deshalb schnauzte er *mich* an: „Sag deinem Freund, er soll da herunterkommen, sonst gibt es was." Da sprang Stany sehr schnell vom Kratzbaum und knallte dem völlig verdatterte „Chef" eine. Er sagte zu ihm: „Spricht man so zu einer Dame? Du warst vielleicht bis vor Kurzem noch der Chef, aber jetzt gibt es hier keinen mehr. Wir sind alle gleich und nehmen Rücksicht auf die Schwächeren, und wenn du das nicht kannst, dann musst du hier verschwinden." Da gab der „Chef" klein bei und verkrümelte sich in die äußerste Ecke. Nun war die Rangordnung geklärt und er ließ uns in Zukunft in Ruhe.

Es war schrecklich hier, viel zu viele Katzen auf engstem Raum. Keinerlei Streicheleinheiten, das Futter war sehr schlecht und die Sauberkeit ließ auch zu wünschen übrig. Hier wollte ich nicht bleiben, ich musste meine Freiheit zurück haben.

Nach ein paar Wochen wurde ich depressiv, ich hatte meinen Kampfgeist verloren. Stany munterte mich zwar ab und zu auf, aber auch er wurde von Tag zu Tag ruhiger. So konnte es nicht weitergehen, wir mussten hier raus.

Eines Tages kam ein Tierpfleger, um unser Zimmer zu säubern, dafür wurden wir in Transportkisten gesperrt und in einem Außengehege wieder freigelassen. Ich suchte sofort, ob es im Zaun ein Loch gäbe. Ich hatte Glück, durch das wenige Futter, das wir hier bekommen hatten, war ich sehr abgemagert und konnte mich hindurchzwängen. Stany war leider größer als ich, deshalb musste er ein bisschen buddeln, doch dann konnte auch er sich befreien. Die meisten anderen Katzen taten es uns nach. Endlich wieder frei, jeder ging seiner Wege. Stany blieb noch eine Weile bei mir, doch dann verabschiedete er sich, er wollte Maria suchen.

Emmy und der Bär

Ich wanderte weiter und kam in ein kleines Dorf an der österreichischen Grenze. Auf dem Dorfplatz war ein Zirkus stationiert und weil ich mächtigen Hunger hatte, schlich ich mich hinter das Zelt. Doch die Hunde entdeckten mich sofort. Ich lief, was das Zeug hielt, und sprang in einen Käfig. Ich dachte, der Käfig wäre leer, doch in der hintersten Ecke, im Schatten verborgen, lag ein Braunbär. Er hatte alles genau beobachtet und brüllte die Hunde an, dass sie sofort verschwinden sollen. Zu mir sagte er: „Brauchst keine Angst zu haben, ich beschütze dich, bei mir tut dir keiner etwas." Da hatte ich wohl einen Freund gefunden.

Er wurde wirklich für die Zeit, die ich hier war, mein bester Kumpel. Er fühlte sich sehr einsam und allein. Sie hatten ihn als kleines Baby hierher gebracht und er musste Kunststücke üben. Oft schlugen sie ihn. Manchmal bekam er auch einen Ring durch die Nase und sie zogen daran, sodass er vor Schmerzen tanzte.

Ich konnte nicht verstehen, warum die Menschen uns Tieren so viel Leid zufügen, wir sind doch auch Lebewesen und haben Gefühle. Doch es gab ja nicht nur schlechte Menschen in meinem Leben. Viele sorgten sich um die Tiere und halfen uns, ein besseres Leben zu bekommen.

Aber zurück zum Zirkus. Der Bär, der übrigens Carlo hieß, teilte sein Futter mit mir. Es gab oft Pferdefleisch oder Hühnchen. Deshalb konnte ich es hier eine Weile auszuhalten.

Die erste Zeit versteckte ich mich, doch einmal wurde der Käfig gesäubert und da entdeckte mich das Zirkusmädchen Ira. Sie war eine von den guten Menschen. Das wusste ich aber bereits von Carlo. Ira steckte ihm öfter einen Leckerbissen zu, außerdem pflegte sie immer sein Fell und kraulte ihn.

Das Mädchen musste auch schon auftreten, obwohl es erst zehn Jahre alt war. Das Zirkusleben ist eben kein Zuckerschlecken. Ira sah mich und sagte leise zu mir: „Oh was bist du für eine süße Katze? Du darfst dich hier aber nicht zeigen, wenn unser Direktor mitbekommt, dass du von Carlos Futter naschst, jagt er dich davon." Dann kraulte sie mir das Fell und schmuste mit mir. Sie kam fast jeden Tag. Ira liebte Tiere, später wollte sie auf einem Bauernhof leben. Ihr Vater hatte versprochen, dass sie nicht mehr lange im Zirkus bleiben müssten. Er würde einen Hof kaufen und Carlo mitnehmen. Außerdem sollte sie ein paar Katzen und einen Hund bekommen.

Ira hatte nur noch ihren Vater im Zirkus. Ihre Mutter war vor vielen Jahren gegangen, sie hatte dieses Leben nicht länger ertragen können. Ab und zu bekam Ira eine Karte von ihr. Aber nie mit Absender, sodass Ira nicht antworten konnte. Der letzte Poststempel stammte aus Deutschland.

Das Mädchen wusste, dass sie ihre Mutter nie wiedersehen würde. Und dass ihr Vater nie genug Geld zusammenbekommen würde, um sich ihren Traum zu erfüllen. Wenn Ira erst einmal erwachsen sei, dann würde sie sich selbst darum kümmern. In ihrer Freizeit, die hier sehr kurz bemessen war, las sie eine Menge Bücher und lernte viel. Ira wollte später einmal studieren, um der Armut und dem Zirkus zu entkommen. Ich schaute Carlo und Ira oft heimlich bei ihren Auftritten zu.

Eines Morgens wachte ich auf und hatte ein unbestimmtes Gefühl im Bauch, als würde heute noch etwas geschehen. Das Gefühl sollte mich nicht täuschen. Gegen Mittag kamen mehrere Leute und hielten dem Direktor ein Papier unter die Nase und sagten: „Der Bär ist beschlagnahmt, wir nehmen ihn mit nach Deutschland in einen Bärenpark, wo es ihm gut gehen wird.“ Zu Carlo meinten sie: „Es ist vorbei mit der Tierquälerei, da wo du jetzt hinkommst, gibt es viele Artgenossen,

die auch alle einmal Tanzbären waren, dort wirst
du dich wohlfühlen."

Sie holten Carlo aus dem Käfig und brachten
ihn zu einem LKW, dort wurde er in eine große
Kiste gesteckt. Er konnte mir nur noch zurufen:
„Machs gut, kleine Emmy, wir werden immer
Freunde bleiben." Dann fuhr der Wagen auch
schon los und ließ einen völlig verdatterten
Zirkusdirektor zurück.

Ohne Carlo war das Leben hier nicht mehr
schön, Ira sorgte zwar für mich, aber sie bekam
kaum genug Fleisch, deshalb gab es wieder
einmal nur Kartoffeln und Soße.

Eines Nachmittags geschah es, dass mich ein
Arbeiter erblickte. Er nahm mich auf den Arm. Ich
war so erschrocken, dass ich mich gar nicht
wehren konnte. „Na, was machst du denn hier?
Ich habe dich doch schon einmal gesehen. Du
siehst aus wie die kleine Emmy, die damals bei
Santino lebte." Ich sah ihn mir genauer an,
natürlich, das war der Rom, der früher mit uns
herumgefahren war. Ich konnte mich noch
erinnern, dass er mich immer gekrault hatte.

In diesem Moment kam Ira und sah mich mit
dem Rom. Sie sagte zu ihm: „Bitte tu Emmy
nichts. Sie ist ganz lieb und wird sicher auch nicht
stören." Der Rom antwortete: „Ich würde der
Katze nie Böses wollen, ich liebe Tiere." Leider
wurde der Direktor auf uns aufmerksam und kam
gleich angerannt. Er brüllte uns an: „Was macht
dieses Katzenvieh hier? Ich hasse Katzen, die sind
zu nichts nutze und falsch sind sie auch noch. Die
muss hier verschwinden!" Der Rom antwortete

dem Direktor: „Für mich wird es auch Zeit zu gehen und die Katze nehme ich gleich mit, in so einem Zirkus kann man nicht arbeiten. Sie sind der größte Sklaventreiber, den ich je kennengelernt habe. Addio!"

Er ging zu seinem Wohnwagen, Ira rannte ihm hinterher. „Kann ich mich noch kurz von Emmy verabschieden, sie ist mir sehr ans Herz gewachsen?" – „Aber natürlich, Kleine. Vielleicht sehen wir uns ja einmal wieder. Ich hoffe, du gehst deinen Weg und hast mehr Erfolg als dein Vater. Leb wohl, kleine Ira." Das Mädchen streichelte mich ein letztes Mal und schaute uns traurig hinterher, als wir losfuhren.

Emmy bei einem Rom

Der Rom, sein Name war René, fuhr mit mir durch die Gegend. Ich lag über dem Armaturenbrett und ließ es mir gutgehen. Ab und zu kraulte er meinen Nacken. Dann hielten wir auf einem Parkplatz an, er gab mir Futter und sperrte mich später in den Wagen. René sagte zu mir: „Emmy, warte hier und sei brav, ich will nur schnell Proviant holen, dann suchen wir uns einen Platz zum Übernachten."

Als er weg war, spielte ich ein wenig mit einem alten Socken, den ich ihm stibitzt hatte. Danach legte ich mich hin und schlief ein. Ich träumte eine merkwürdige Geschichte:

Ich war an einem Ort, wo es viele außergewöhnliche Tiere gab wie zum Beispiel Elefanten, Giraffen, Affen, Hängebauchschweine, Bären, Löwen und noch viele andere Tiere. Sie saßen alle in kleinen Käfigen und waren lethargisch. Als ich sie fragte, was sie hier machten, sagte der Elefant zu mir: „Menschen haben uns früher gefangen genommen, um uns vor dem Aussterben zu retten." Das konnte ich nun gar nicht verstehen. „Wieso nehmen sie euch gefangen und sperren euch hier ein? Wäre es nicht besser, ihr dürftet da bleiben, wo euer natürlicher Lebensraum ist?"
Da antwortete der Elefant: „Nein, denn unser Lebensraum wird ja durch die Menschen zerstört. Sie roden unsere Wälder, erwärmen die Luft,

dadurch schmelzen die Eisberge. Die Wüsten breiten sich immer mehr aus, Wasser überflutet das Land. Tiere werden gejagt, nur damit die Reichen mit einer Jagdtrophäe angeben können." Ich fragte die Tiere: „Aber hier seid ihr doch nicht frei, in diesen kleinen Käfigen kann man doch nicht leben." – „Aber was sollen wir machen, hier kommen wir nicht heraus und zurück würden wir auch nicht mehr finden", antwortete der Elefant.

Dann kamen ganz viele Menschen und zerschlugen die Käfige. Die Tiere wurden in einen großen Garten gebracht, wo sie sich frei bewegen durften. Es war so schön.

Dann klopfte es und ich erwachte. Es war ein Vogel, der auf dem Dach des Wohnwagens saß. René lag neben mir, streichelte mein Fell und sagte: „Ich möchte wissen, was du so träumst. Wenn du schläfst, zucken deine Glieder und du miaust im Schlaf. Ich hoffe, du träumst nichts

Schlimmes. Nun lass uns weiterfahren, damit wir noch einen schönen Platz für die Nacht finden."

Schon setzte er sich ans Lenkrad und wir fuhren los. Mir steckte der Traum noch in den Gliedern und ich konnte mich gar nicht richtig konzentrieren. Doch dann sah ich zum Fenster hinaus und beobachtete die schöne Landschaft.

Wir fuhren durch die Puszta Ungarns. Erst sah ich eine riesengroße Gänseschar, dann viele Rinder und Schafe, es war einfach herrlich.

Trotzdem sehnte ich mich nach Menschen mit einem Haus und einem großen Garten. Das ewige Fahren machte mir keinen Spaß mehr. Auch wenn René ein guter Freund war, so konnte er mir die Geborgenheit einer Familie nicht ersetzen.

Langsam wurde es dunkel, René fuhr an den Rand eines Waldes und hielt an. Ich durfte hinaus und musste erst einmal alles untersuchen, es roch hier so gut. Dann verschwand ich kurz, um mein Geschäft zu erledigen. René hatte in der Zwischenzeit ein Feuer angezündet und ein Hühnchen auf einen Spieß gesteckt, das briet er über den Flammen. Kurze Zeit später roch es verführerisch. Ich hatte natürlich schon wieder Hunger und mir lief das Wasser im Maul zusammen. Natürlich bekam ich eine große Portion Hühnerfleisch und es schmeckte mir vorzüglich. Dann suchte ich ein warmes Plätzchen am Feuer und ließ es mir gut gehen.

René legte sich neben mich und erzählte mir aus seinem Leben:

„Als ich noch ganz klein war, lebte ich mit meinen Eltern in der Gemeinschaft der Roma. Ich wurde behütet und hatte viele Freunde. Später, mit 18, lernte ich aus einem andern Clan ein wunderschönes Mädchen kennen. Wir wurden einander versprochen, doch ich wollte noch nicht heiraten. Mir war das Leben nicht gut genug, ich wollte hoch hinaus. Ich fing an zu lernen, als ich genug wusste, bin ich in die Lehre eines Zimmermannes gegangen. Als ich ausgelernt hatte, wanderte ich, wie alle Gesellen, durch Städte und Dörfer und half den Leuten, ihre Häuser zu reparieren. Dafür bekam ich Essen und nachts ein Dach über den Kopf.

Eines Tages lernte ich ein wunderschönes blondes Mädchen mit blauen Augen kennen und verliebte mich in sie. Sie war sehr stolz, das gefiel mir. Ich merkte erst viel zu spät, dass sie nur mit mir spielte. Ich konnte das nicht verwinden und fing an zu trinken. Ich vernachlässigte meine Arbeit und wurde entlassen. Ich verlor mein Zimmer und landete auf der Straße. Dann geschah etwas Furchtbares. Ich sah sie mit einem anderen Mann. Ich stellte ihn zur Rede und dadurch kam es zu einer Schlägerei. Beinahe hätte ich ihn totgeschlagen. Dadurch kam ich zur Besinnung und änderte mein Leben.

Ich zog in eine andere Stadt, suchte mir Arbeit und sparte das meiste Geld. Als ich genug zusammenhatte, kaufte ich mir diesen Wohnwagen.

Ein paar Monate werde ich noch durch die Welt ziehen. Doch dann will ich zurück zu meinem Clan und mir ein nettes Mädchen suchen und eine Familie gründen. Doch jetzt lass uns schlafen, meine kleine Emmy."
Wir kuschelten uns ganz dicht aneinander und schliefen ein.

Am anderen Morgen zogen wir nach dem Frühstück weiter. Ich lernte in dieser Zeit das schöne Ungarn kennen. Wir fuhren ein paar Stunden, dann kamen wir an einen großen See, den Balaton. René zog sich aus und ging baden. Er musst ziemlich weit laufen, um untertauchen zu können. Ihr müsst wissen, der See ist nicht sehr tief. Ich trank in der Zwischenzeit ein bisschen vom Wasser und legte mich ins Gras. René kam zurück und breitete eine Decke aus und setzte sich darauf.

Wir dösten ein wenig vor uns hin, bis ein Hupkonzert anfing. Ich erschrak, René sprang auf und zog sich schnell an.

Es waren auch Roma und bald saßen sie alle am Ufer des Sees und sangen Lieder. Ich wurde von vielen gestreichelt und gekrault. Die Roma erzählten, dass sie nach Österreich wollen, zu einem großen Sinti-und-Roma-Treffen. Sie fragten René, ob er Lust habe mitzukommen. Natürlich hatte er.

Ein paar Tage wollten die Roma aber noch am Balaton verbringen.

Eine Woche später fuhren wir alle im Konvoi nach Österreich. In Wien angekommen, suchten die Roma einen Campingplatz, um dort ihre Wohnwagen abzustellen. Doch hier waren sie nicht gern gesehen. Es gab eine lange Diskussion mit dem Platzwart, bis er ihnen die hintersten Plätze gab, und noch zu ihnen sagte: „Ich hoffe, ihr macht keinen Lärm und keinen Ärger, sonst könnt ihr gleich wieder verschwinden."

Das war zu viel für die Roma, deshalb ließen sie den Platzwart stehen und wir fuhren weiter. Wir kamen an eine Burgruine, davor gab es einen großen Platz auf dem ein paar Bäume standen, hier gefiel es ihnen und sie stellten ihre Wagen ab.

Dann wurde ein Fest gefeiert, es gab gutes Essen und süßen Tokaier. Es wurde gesungen, getanzt und gelacht. Ich bekam so manchen Leckerbissen zugesteckt. Gegen Mitternacht wurde es ruhiger. Alle saßen am Lagerfeuer und sangen leise melancholische Lieder. Es war sehr schön. Dann nahm mich René auf den Arm und ging mit mir in seinen Wohnwagen. Wir legten uns ins Bett und schliefen beide gleich ein.

Am anderen Morgen zogen die Roma ihre Festtagskleider an und René kämmte mir noch einmal das Fell, sodass es seidig glänzte. Dann fuhren wir alle zu dem großen Sinti-und-Roma-Treffen.

Als wir ankamen, wurde mir ganz anders, es waren mindestens hunderttausend Roma und Sinti auf dem Platz und jeder sprach eine andere Sprache. Es gab welche aus Rumänien, Ungarn, Deutschland, Bulgarien, Russland, selbst aus den USA waren sie gekommen. Außerdem standen auch eine Menge Schaulustige herum.

Ich hatte Angst vor den vielen Menschen, deshalb versteckte ich mich unter dem Bett. René sagte zu mir: „Emmy, du brauchst keine Angst zu haben, hier passiert dir nichts. Das Beste ist, du bleibst im Wohnwagen." Da musste ich ihm zustimmen, obwohl ich sehr neugierig war. Doch erst einmal blieb ich, wo ich war.

René verabschiedete sich und ging auf den Platz. Lange hielt ich es aber doch nicht unter dem Bett aus, ich setzte mich auf die Fensterbank und schaute hinaus. Das war ein sehr schönes Fest, es gab überall Buden mit Würstchen und anderen Köstlichkeiten. Mitten auf dem Platz wurde ein Ochse am Spieß gebraten. Mir lief das Wasser im Mäulchen zusammen. Das konnte ich mir doch nicht entgehen lassen! Da René nicht weit von unserem Wohnwagen stand, fing ich an, fürchterlich zu miauen. Er hörte es auch bald und kam zurück. Er sagte zu mir: „Na, meine Süße, jetzt willst du wohl doch hinaus? Komm, ich nehme dich auf den Arm." Das ließ ich mir nicht zweimal sagen und sprang ihm auf die Schulter. Er zog mich herunter und legte mich in seine Armbeuge, dabei kraulte er mich. Konnte das Leben schöner sein?

Er schlenderte mit mir über den Markt und kaufte ein Stück Ochsenfleisch, das er brüderlich mit mir teilte. Langsam wurde es lauter, denn der Wein floss reichlich. Ab und zu rempelten uns Betrunkene an. René wurde langsam wütend und er beschimpfte die Trinker. Das war keine so gute Idee gewesen, denn Roma sind sehr heißblütig. Ein Wort gab das andere und schon war die schönste Prügelei im Gange. So war es auch mit René. Wieder rempelte uns jemand an und René beschimpfte ihn, der andere schubste ihn. René ließ mich auf die Erde und haute ihm mit der Faust eins aufs Auge.

Emmy wird gestohlen

Ich brachte mich lieber in Sicherheit, doch ich spürte, wie mich jemand beobachtete. Es war ein kleines, blondes Mädchen, sie gehörte zu den Zuschauern, die sich das ganze Roma Treffen ansahen. Sie kam auf mich zu, nahm mich auf den Arm und lief mit mir schnell davon. Sie sagte zu mir: „Dich werde ich behalten, du bist ja *so* süß." Mir war gar nicht wohl dabei, bei einem kleinen Mädchen war ich schon einmal gewesen, doch da ging es mir schlecht. Deshalb versuchte ich, von ihrem Arm herunterzukommen, aber sie hielt mich fest. Wir kamen an ein Auto und da saß ein Mann am Steuer. Das kleine Mädchen öffnete die Tür und sprach zu dem Fahrer: „Herr Müller, bitte fahren sie schnell los." Und schon fuhren wir weit weg von meinem Freund. Wieder verlor ich einen geliebten Menschen.

Das Mädchen kraulte mein Fell und flüsterte mir ins Ohr: „Ich werde für dich sorgen." Dann sah sie mein Halsband mit meinem Namen. „Ach, Emmy-Selma heißt du, Emmy gefällt mir sehr gut, so werde ich dich nennen." Dann kuschelte sie sich an mich. Sie ging sehr liebevoll mit mir um, sodass ich mich ein wenig entspannte. Wir fuhren eine lange Strecke, bis das Auto hielt.

Emmy ist bei Jenny

Sie nahm mich wieder auf den Arm und ging in ein großes Haus. In der Eingangshalle kam eine Frau mit einer weißen Schürze auf die Kleine zu und sie sagte zu dem Mädchen: „Jenny, was schleppst du denn da schon wieder an, deine Eltern werden begeistert sein." Die Kleine antwortete: „Sie müssen es ja nicht gleich wissen, ich werde Emmy in mein Zimmer bringen. Auf dem Speicher sind ja noch die ganzen Sachen von Kater Willi, können Sie mir die bitte holen?" – „Gut, mache ich, aber wenn deine Eltern etwas merken, bin ich unschuldig", sagte die Frau lachend.

Jenny ging mit mir in ihr Zimmer, es war ein schöner großer Raum mit einer Terrasse vor dem Fenster. Die Terrasse führte in den Garten, soweit ich das sehen konnte. Sie setzte mich auf ihr Bett und zog sich um. Da standen viele Spielsachen, auch ein Puppenwagen und viele Puppen. Hoffentlich wollte sie mich nicht da hineinstopfen. Es klopfte an der Tür, die Frau kam vollbeladen herein. Sie sagte: „Hier, Jenny, hast du alles, ich habe sogar noch ein nagelneues Körbchen gefunden. Ich gehe auch gleich noch einkaufen und bringe Futter und neues Katzenstreu mit, das, was in der Tüte ist, wird nicht lange reichen."

Das Mädchen stellte mir alles hin. Es gab ein Klo, das brachte sie in das angrenzende Bad. Zwei weiche Körbchen, Fressnäpfe und eine Schüssel für Wasser und dann kam die Frau auch noch mit einer großen Kratztonne. Es gab ganz viel Spielzeug, Stoffmäuse und ein paar Bällchen. Die Kleine sagte zu mir: „Emmy, das ist alles für dich, und etwas zu essen besorge ich gleich." Sie ging aus dem Raum und ich schaute mir alles an.

Eigentlich gefiel es mir hier ganz gut, nur hatte ich immer noch Angst, dass Jenny mich als ihr Spielzeug ansehen würde. Doch darüber hätte ich mir keine Gedanken machen müssen. Die Kleine besaß zwar reiche Eltern, doch sie war schon sehr früh auf sich allein gestellt. Mutter und Vater hatten nie Zeit für das Mädchen, sie wurde vom Dienstpersonal erzogen.

Jenny war sehr tierlieb und half immer den Schwächeren. In der Zeit, wo ich bei ihr wohnte, sorgte sie rührend für mich. Doch das wusste ich zu diesem Zeitpunkt noch nicht.

Sie kam mit kleingeschnittenen Fleischstückchen zurück und gab mir etwas davon in einen Napf. Nach dem Essen nahm sie mich auf den Arm und setzte sich in einen Sessel. Sie erzählte mir aus ihrem Leben: „Ach, Emmy, du hast es gut, du wirst von mir geliebt. Ich habe zwar Eltern, aber ich glaube nicht, dass sie mich mögen. Sonst würden sie mich auch einmal in den Arm nehmen.

Ich bekomme zwar alles, was ich will, aber eigentlich brauche ich gar nicht so viel. Ein bisschen Liebe und Aufmerksamkeit würden mir schon reichen.

Meine Eltern werden mir sicher erlauben, dass ich dich behalte. Ich hatte schon mal einen Kater, er hieß Willi und lebte seit meinem vierten Lebensjahr bei mir. Vorher gehörte er Elvira, unserem Dienstmädchen. Sie hatte ihn heimlich mitgebracht und ich durfte ihn dann behalten. Elvira fand ihn, als er erst vier Wochen alt war. Er wurde 17 Jahre. Ich vermisse ihn so sehr. Aber jetzt bist du bei mir und wir beide werden es sehr schön haben.“

Langsam wurde ich müde, deshalb sprang ich von ihrem Arm, ging zum Klo und legte mich dann in ein Körbchen und schlief auch gleich ein. Ich träumte von René und den Roma, wir fuhren in einem großen Konvoi durch die Gegend, er tanzte mit mir oder ich lag in seinem Arm und schlief.

Es war alles ein wenig verworren, dann wachte ich im Dunkeln wieder auf. Doch wir Katzen können auch ohne Licht sehen. Jenny lag im Bett und schlief. Ich ging zum Futternapf, der mit Katzenfutter gefüllt war. Bis dahin hatte ich noch nie solches Futter gefressen, es schmeckte sehr gut. Ich spielte ein bisschen mit einer Stoffmaus und vermisste schon jetzt meine Freiheit.

Ich war hin- und hergerissen, auf der einen Seite mochte ich es, wenn ich einen geliebten Menschen hatte, auf der anderen liebte ich das ungezwungene Leben, das ich bei den Roma hatte. Ich glaube, sie sind die einzigen, die uns Katzen wirklich verstehen. Denn wir sind uns sehr ähnlich.

Aber ich merkte auch, dass Jenny mich brauchte, sie war so einsam. Deshalb hüpfte ich auf ihr Bett und kuschelte mich an sie. Sie redete im Schlaf: „Kleine Emmy, du musst immer bei mir bleiben." Na, wir würden sehen, aber erst einmal musste ich schlafen.

Am anderen Morgen wachte ich auf und leckte der Kleinen über die Wange und gab ihr einen zarten Nasenstüber. Sie wachte auf und gab mir einen Kuss auf mein Köpfchen. Wir schmusten noch ein wenig und dann standen wir auf. Sie zog sich an und säuberte mein Klo und die Näpfe. Ich bekam frisches Wasser und Futter. Ich merkte, dass Jenny mich sicher nicht als Spielzeug benutzen würde.

Mittlerweile lebte ich schon sechs Wochen bei ihr und es ging mir gut. Leider durfte ich in dieser Zeit noch nicht hinaus, Jenny sagte immer zu mir, dass ich mich erst einmal an das Haus gewöhnen müsse. Doch heute durfte ich das erste Mal auf die Terrasse, es wurde auch langsam Zeit. Ich war natürlich erst einmal vorsichtig, doch dann genoss ich es sehr. Die Sonne schien und die Luft flimmerte. Von da an ging ich morgens hinaus und abends wieder hinein. Die Eltern von Jenny hatten ihr erlaubt, mich zu behalten. Es wurde sogar eine Katzenklappe in die Terrassentür eingebaut und ich bekam an mein Halsband einen

Sensor, damit nur ich durchkonnte.

So durfte das Leben weitergehen, das war genau nach meinem Geschmack. Ich hatte genug zu fressen, ein Frauchen, das mich liebte, einen warmen Platz zum Schlafen und tagsüber meine Freiheit.

Eines Morgens kam ein großes Auto und aus dem stieg ein älterer Herr. Jenny war gerade mit mir im Garten und fing plötzlich an zu rufen: „Onkel Arnold, Onkel Arnold, das gibt es doch nicht, wie kommst du denn hier her?" Und sie rannte in seine ausgestreckten Arme. Ihr Onkel hob sie hoch und sie fragte ihn gleich: „Wie lange bleibst du? Meine Eltern haben mir gar nichts erzählt. Oh, ich bin so froh, dass du da bist." Ihr Onkel Arnold antwortete: „Mädchen, nicht so stürmisch, du bist ja ganz aufgeregt. Ich bleibe nur ein paar Tage. Ich bin auf der Durchreise und komme gerade aus Italien, anschließend geht es wieder nach Hause." – „Och schade", sagte Jenny. „Dann sehe ich dich ja gar nicht lange. Hast du schon meine neue Katze gesehen? Sie ist ganz weiß und heißt Emmy. Die habe ich in Wien gefunden. Ihr Besitzer war ein böser Mann, er hat sich geprügelt und Emmy wäre beinahe verletzt worden." Leider konnte ich ihr ja nicht sagen, dass es anders gewesen war.

Onkel Arnold streichelte mich und dann ging er mit Jenny ins Haus. Weil ich es vor Neugierde nicht aushalten konnte, musste ich natürlich hinterher. Im Haus ging der Onkel erst einmal auf sein Zimmer und zog sich um. Ich durfte mit hinein und sprang auch gleich aufs Bett. Er kraulte mich unterm Kinn und sagte: „Du bist aber eine schöne Katze. Leider kannst du mir nicht erzählen, wie es Jenny wirklich geht. Ich mache mir Sorgen um sie. Meine Schwester und mein Schwager haben nie Zeit für das arme Kind. Sie hat sich eine Traumwelt erschaffen. Aber ich werde mir etwas einfallen lassen, damit sie sich etwas besser fühlt."

Da war ich ganz seiner Meinung. Ich hatte nicht nur am eigenen Leib erfahren, wie schrecklich die Menschen sind, nein, auch vielen ging es nicht gut. Es ist nicht nur das Geld, das den meisten fehlt, denn auch die Reichen sind oft nicht glücklich.

Onkel Arnold nahm mich auf den Arm und ging mit mir ins Wohnzimmer, dort war schon ein kleiner Imbiss bereitgestellt. Jenny und er setzten sich an den Tisch und aßen, natürlich bekam ich ein paar Bissen ab. Dann sprach der Onkel zu Jenny: „Was hältst du davon, wenn du mit zu mir nach Hamburg kommst? Es sind ja gerade Ferien. Emmy kannst du mitbringen." – „Oh ja, das wäre wunderbar, Onkel Arnold. Aber ob das meine Eltern erlauben?" – „Na, mit denen werde ich mich schon einigen. Sie haben ja doch kaum Zeit für dich."

Am anderen Tag stand Jenny früh auf und wir frühstückten. Sie ihren Tost mit Marmelade und ich mein Futter.

Da klopfte es an die Tür und Elvira sagte zu Jenny: „Nun beeil dich mal, der Chauffeur und Onkel Arnold warten schon auf dich."

Jenny trank den letzten Schluck ihres Kakaos

und holte den Transportkorb für mich. Sie sagte zu mir: „Komm, Emmy, wir wollen in die Berge fahren und du darfst mit." Warum nicht, ich bin ja für jedes Abenteuer zu haben. Deshalb ließ ich mich ohne zu murren in den Korb sperren. Im Auto durfte ich aber wieder heraus.

Wir fuhren eine Zeit lang durch die Gegend. Das flache Land wurde hügelig und dann sah ich schon die ersten großen Berge. Jenny sagte mir, dass das die Alpen seien. Dann hielt der Wagen und wir stiegen aus. Ich hüpfte aus dem Auto. Es gab hier so interessante Gerüche, dass ich beinahe zu weit gelaufen wäre. Doch Jenny rief mich zurück. Sie nahm mich auf den Arm und wir liefen einen schmalen Weg zum Berg entlang. Dann wurde ich ihr zu schwer und sie ließ mich wieder herunter.

Emmy und die wildlebenden Katzen

Ich trabte eine Weile neben ihnen her, doch dann wurde mir es zu langweilig. Wäre ich doch bloß in ihrer Nähe geblieben! Ich ging in eine andere Richtung und weil ich viel zu entdecken hatte, merkte ich gar nicht, dass ich mich immer weiter entfernte.

Auf einmal standen zwei Kater vor mir, man sah ihnen gleich an, dass sie richtige Raufbolde waren. Sie machten mir auch sofort klar, dass ich hier nichts zu suchen hatte. Das sei ihr Revier. Der größere Kater fiel auch gleich über mich her, ich hatte keine Chance. Er biss mir in den Rücken, ich wehrte mich, denn ich merkte, dass es um Leben und Tod ging. Ich konnte mich befreien und rannte um mein Leben, obwohl ich höllische Schmerzen hatte.

Dann hörte ich, wie Jenny mich rief, sie war ganz in der Nähe. Ich schleppte mich mit letzter Kraft zu ihr und fiel vor ihre Füße, mein weißes Fell war ganz voller Blut. Jenny rief: „Oh mein Gott, was haben sie mit dir gemacht?" Onkel Arnold wickelte mich vorsichtig in eine Decke und brachte mich zurück zum Auto. Er sagte zum Chauffeur: „Wilhelm, fahren sie langsam in das nächste Dorf, mal sehen, ob es da einen Tierarzt gibt." Einen Tierarzt gab es dort Gott sei Dank. Er untersuchte mich und stellte fest, dass ich ein paar kleinere Bisswunden und zwei gebrochene Rippen hatte. Er versorgte alles und Onkel Arnold trug mich zurück zum Auto.

Wir fuhren sofort wieder nach Hause. Dort brachte Jenny mich auf ihr Zimmer und legte mich in mein Körbchen. Ich musste aber dringend aufs Klo und deshalb sprang ich ganz vorsichtig wieder heraus. Jenny wollte mich gleich wieder auf den Arm nehmen, aber ich miaute laut, da ließ sie mich los. Ich humpelte zum Klo und verrichtete mein Geschäft. Dann legte ich mich wieder hin und schlief ein. Jenny ließ mich in Ruhe schlafen. Als ich wieder aufwachte, hatte ich höllische Schmerzen. Die Kleine merkte es mir an und gab mir ein paar Tropfen, die der Tierarzt ihr mitgegeben hatte.

Ich futterte ein wenig und trank viel Wasser. Dann taumelte ich wieder zu meinem Korb. Mir ging es ein paar Tage nicht so gut, doch langsam erholte ich mich. Bald hatte ich kaum noch Schmerzen. Doch in den Garten wollte ich nicht. Ich war immer nur ganz kurz auf der Terrasse und ging dann gleich wieder ins Zimmer zurück. Jenny kümmerte sich rührend um mich, sie steckte mir immer die leckersten Sachen zu.

Zwei Tage später musste Onkel Arnold zurück nach Deutschland. Er verabschiedete sich von Jenny und mir und sagte: „Mäuschen, wir sehen uns in einer Woche wieder, dann kommst du mich in Hamburg besuchen." Dann fuhr er los.

Jenny winkte noch und wischte sich die Tränen ab, sie nahm mich auf den Arm und wir gingen ins Haus. Dort holte sie sich eine Tafel Schokolade und für mich ein paar Leckerlis, dann machten wir es uns gemütlich.

Emmy fährt nach Deutschland

Es kam der Tag, an dem wir nach Deutschland fuhren. Jenny war schon ganz aufgeregt, sie redete die ganze Zeit. Alles war gepackt, ich wurde in meinen Transportkorb gehoben und ins Auto getragen. Drinnen durfte ich wieder heraus. Ich kannte das ja alles schon und deshalb legte ich mich auf den Sitz und döste vor mich hin. Wir fuhren eine lange Zeit, ein Mal wurde Pause gemacht und wir vertraten uns die Beine. Dann ging es weiter.

Endlich hielt der Wagen vor einem großen Haus und wir stiegen aus. Onkel Arnold und eine schlanke, dunkelhaarige Frau erwarteten uns schon. Als die Frau mich sah, kam sie zu mir und wollte mich auf den Arm nehmen, doch sie stellte sich so ungeschickt an, dass sie mir wehtat. Ich konnte gar nicht anders, als sie anzufauchen und zu kratzen. Da fing sie an zu kreischen und schrie: „Das Vieh kommt mir nicht ins Haus!" Na, das fing ja gut an, da müsste ich wohl viel Überzeugungsarbeit leisten. Deshalb rieb ich mich an ihren Beinen, doch sie kreischte gleich wieder los: „Ich will die Katze nicht in meiner Nähe haben, Arnold, tu doch was!" Onkel Arnold nahm mich auf den Arm und sagte: „Marlene, nun stell dich nicht so an, Emmy ist eine ganz verschmuste und sehr liebe Katze. Sie tut dir bestimmt nicht noch mal was. Du hast sie nur falsch angefasst, das tat ihr wohl weh." Und er nahm mich und ging ganz nahe an sie heran, ich gab natürlich gleich Köpfchen und schnurrte, was das Zeug hielt. Marlene entspannte sich ein bisschen und sagte: „Na gut, dann soll sie mit ins Haus kommen, aber sie bleibt in Jennys Zimmer.“

Wir gingen alle hinein, Jenny nahm mich dann auf den Arm und trug mich in unser Reich. Es war ein sehr großes und schönes Zimmer, ein bisschen kindlich eingerichtet, in vielen Rosa- und Pinktönen. Jenny sagte zu mir: „Emmy, das war immer mein Zimmer, wenn ich hier Urlaub gemacht habe. Doch damals war ich noch ein Baby, langsam werde ich erwachsen, ich bin immerhin schon 12. Vielleicht kann ich Onkel Arnold und Tante Marlene überreden, mein Zimmer neu einzurichten.“

Ich schaute mich um, ein Klo stand im Bad, es gab auch mehrere Körbchen und sogar einen Kratzbaum hatten sie mir hingestellt. Spielzeug lag auch in einem kleinen Karton, aber wo waren meine Futternäpfe? Doch dann sah ich, dass in einem anderen Raum, der gleich neben dem großen Zimmer lag, eine Tür einen Spalt offen stand. Ich schaute hinein und sah, dass es eine kleine Küche war, und dort standen meine Näpfe vollgefüllt mit leckerem Futter. So ließ es sich leben, dieser Urlaub würde bestimmt toll werden. Oh, wie sollte ich mich irren!

Nachdem ich gefuttert hatte, ging Jenny nach unten und ich hinterher. Wir nahmen das, was Tante Marlene gesagt hatte, nicht ernst, es war ein schlimmer Fehler. Marlene hatte wohl nur darauf gewartet, dass ich nach unten komme. Sie sprach noch einmal mit Nachdruck zu Jenny: „Kind, ich sage es nicht ein zweites Mal, wenn du die Katze nicht in deinem Zimmer lässt, muss sie weg. Ich möchte in meinen Räumen keine solche Bestie haben." – „Aber, Tante Marlene, ich kann Emmy doch nicht immer nur einsperren, das ist doch nicht artgerecht", erwiderte Jenny. Die Tante antwortete: „Das ist mir egal, ich war sowieso dagegen, dass die Katze mitkommt. Nun ist sie aber da und ihr habt euch nach meinen Wünschen zu richten."

Jenny sagte nichts mehr, sie nahm mich auf den Arm und ging mit mir nach oben. Na das konnte ja heiter werden, ich die ganze Zeit in diesen Räumen. Erstens würde das bestimmt total langweilig sein und zweitens brauchte ich ja auch mal frische Luft. Jenny sagte zu mir: „Mach dir nichts draus, sie ist oft unterwegs, dann darfst du in den Garten." Na Gott sei Dank, dann durfte ich ja doch hinaus. Jetzt legte ich mich aber erst einmal in mein Körbchen und schlief.

Als ich wieder aufwachte, war es schon dunkel. Die Tür zum Flur stand einen Spalt offen und ich ging hinaus. Ich hörte keinen Laut, deshalb schlich ich durchs Haus. Dann sah ich ein Bild von Tante Marlene und, weil sie so gemein zu mir gewesen war, pinkelte ich an das Bild, dann zerkratzte ich noch die Tapete. Wenn ich gewusst hätte, was mir danach blühen sollte, ich hätte es lieber gelassen. Anschließend ging ich wieder nach oben und legte mich zu Jenny ins Bett.

Am anderen Morgen, die Sonne schien schon, hörte ich einen lauten Schrei und dann rief jemand: „Arnold und Jenny, kommt sofort her!"

Jenny war gerade unter der Dusche und konnte nichts hören.

Ich schlich mich leise hinunter und versteckte mich in einem Winkel, wo mich keiner sehen konnte. Marlene stand völlig aufgelöst vor ihrem Bild und weinte. Sie sagte zu ihren Mann: „Arnold, wenn diese Katze nicht wegkommt, dann gehe ich."

Onkel Arnold nahm sie in den Arm und tröstete sie, dann sagte er: „Schätzchen, das ist doch nicht so schlimm, wir lassen ein neues Bild machen. Emmy hat sicher aus Protest hingepinkelt, weil sie merkte, dass du sie nicht leiden kannst. Willst du es nicht noch einmal mit ihr versuchen, schon Jenny zuliebe? Sie ist doch immer sehr gern zu uns gekommen. Das soll doch auch so bleiben. Du weißt, wie wenig Zeit meine Schwester mit ihr verbringt. Jenny liebt nun mal ihre Katze und ohne diese wäre sie total unglücklich."

Marlene fing gerade an, sich wieder zu beruhigen, als sie die zerfetzen Tapeten sah. Das war zu viel für sie. Jetzt weinte sie nicht mehr, nein, jetzt stieß sie Onkel Arnold von sich und rannte hysterisch nach oben und schrie: „Ich bringe diese Katze um, ich wusste, dass es nur Ärger mit ihr geben würde. Ich hasse sie, die kommt ins Tierheim!" Jenny kam gerade die Treppe herunter und wollte schon fragen, was los sei, doch dann hielt sie lieber ihren Mund. Marlene schrie Jenny an: „Wo ist die Katze, die bleibt keine Sekunde länger in meinem Haus!"

Oje, da hatte ich ja was angestellt, jetzt musste ich mich erst einmal gut verstecken, sonst bekäme ich sicher Prügel. Jenny zog den Kopf ein und sagte ganz leise: „Ich weiß nicht, wo Emmy ist, vorhin lag sie noch in meinem Bett, doch als ich vom Duschen wiederkam, war sie weg."

„Das Biest weiß schon, warum sie sich versteckt, aber das wird ihr nichts nützen. Ich finde sie schon und dann geht es ab ins Tierheim." Da rannte Jenny zu Onkel Arnold und fing an zu weinen: „Nein, Emmy darf nicht ins Tierheim, ich will wieder nach Hause."

Emmy wird ausgesperrt

Onkel Arnold nahm Jenny in den Arm und sagte: „Niemand kommt ins Tierheim und nach Hause brauchst du auch nicht fahren. Wir werden für Emmy ein Außengehege bauen lassen, es ist Sommer und warm, sie muss nicht frieren und für die fünf Wochen wird es ihr nichts ausmachen. Du kannst sie jederzeit besuchen und Tante Marlene braucht um ihre Tapeten auch keine Angst mehr zu haben." Jenny schniefte und antwortete: „Na gut, meinetwegen, wenn Tante Marlene einverstanden ist." Marlene hatte sich auch wieder beruhigt und stimmte zu. Nur mich hatte keiner gefragt, ich fand das total blöd.

Ich wollte mich in Jennys Zimmer verstecken und nie wieder herauskommen. Deshalb schlich ich zurück. Ein paar Tage war ich dort eingesperrt und dann zog ich in mein Gefängnis um.

Der Käfig war eigentlich recht groß und überdacht. Ich hatte auch eine Hütte mit einem Kuschelkörbchen darin. Es gab eine Futterstelle, wo meine Näpfe standen, und auch an ein paar Holzstämme hatten sie gedacht. Für eine ganz normale Hauskatze sicher nicht schlecht, doch für mich, die ihre Freiheit liebte, war es die Hölle.

Jenny kümmerte sich rührend um mich, sie gab mir Futter und reinigte mein Katzenklo, sie spielte auch viel mit mir. Trotzdem wurde ich lethargisch und hatte zu nichts mehr Lust. Ich musste hier raus. Deshalb beschloss ich, bei der nächsten Gelegenheit zu fliehen, doch das war gar nicht so einfach. Wenn Jenny in mein Gefängnis kam, schloss sie sofort die Tür.

Nach ein paar Wochen hatte sie meinem Transportkorb in der Hand und sprach zu mir:
„Emmy, jetzt geht es wieder nach Österreich in unser Haus, da kannst du endlich wieder drinnen leben. Tut mir leid, dass du in diesem Gefängnis eingesperrt warst. Ich verspreche dir, wenn wir erst einmal wieder zu Hause sind, bin ich wieder ganz für dich da." Oh war ich froh, dass wir wieder nach Hause fuhren. Im Auto durfte ich aus meinem Korb und ich schmuste mit Jenny die ganze Zeit, ich hatte sie so sehr vermisst.

Doch als wir endlich da waren, kam die nächste Überraschung. Jennys Eltern wollten ihr eine Freude machen und schenkten ihr einen kleinen

Hundewelpen. Eigentlich habe ich ja nichts gegen Babys, doch nach meinen ganzen Erlebnissen war das zu viel für mich. Ich wollte nichts mehr fressen, bin auch nicht aufs Klo, ich wollte nur noch sterben. Den Hund habe ich, wenn er mit mir spielen wollte, immer angefaucht.

Das Schlimmste, was ich befürchtet hatte, war eingetroffen. Jenny kümmerte sich nur noch um das Hundebaby. Ich durfte auch nicht mehr im Bett schlafen. Da schlief jetzt der Hund.

Dann kam der Tropfen, der das Fass zum Überlaufen brachte. Ich hörte, wie Jenny zu ihrem Vater sagte: „Vati, können wir nicht auch so ein Außengehege bauen, wie Onkel Arnold das für Emmy gebaut hat? Das würde ihr sicher gut gefallen und ich könnte mich um Bello kümmern." Das war zu viel, ich musste hier schnellstens verschwinden.

Ich merkte gar nicht, dass noch jemand lauschte, nämlich die Küchenhilfe Natali. Sie kam aus Rumänien und war noch nicht lange bei Jennys Eltern angestellt. Sie liebte Tiere sehr, in ihrer Heimat hatten ihre Eltern einen kleinen Bauernhof. Unter anderem lebte dort ihr Kater Max und sie sehnte sich nach ihm. Deshalb tat ich ihr leid und sie beschloss, sich um meine Befreiung zu kümmern. Doch von alledem wusste ich zu diesem Zeitpunkt noch nichts.

Nach ein paar Tagen, es war wohl so gegen Mitternacht, wurde ich von Natali in einen Transportkorb getan und sie erzählte mir, dass sie mich nach Rumänien bringe und ich dort zu ihren Eltern kommen würde. Wir fuhren mehrere Tage in ihrem kleinen Auto, bis wir endlich da waren. Sie brachte mich ins Haus. Dort lebten schon viele Katzen und zwei Hunde.

Ich war wieder in Rumänien, und total durcheinander. Was sollte ich hier? Warum liebte mich keiner so richtig? Ich wusste ja nicht, dass die Familie es gut mit mir meinte. Ich lief einfach davon. Später sollte ich erfahren, dass Natalis Eltern Katzen und Hunde von der Straße retteten.

Nun hatte ich endgültig genug von den Menschen. Sie behandelten mich wie einen Spielball. Ich wurde hin- und hergereicht und wenn sie ein anderes Spielzeug bekamen, dann wurde ich einfach vergessen oder abgeschoben.

Emmy wieder in Rumänien

Ich wollte es doch noch einmal in den Bergen probieren und deshalb zog ich los. Weit musste ich nicht wandern, denn Natalis Elternhaus lag in der Nähe der Karpaten, einer Bergkette in Rumänien.

Ich kletterte auf einen kleinen Berg und schaute ins Tal, ich sah ein kleines Dorf und auf der anderen Seite einen Wald. Es war alles so friedlich. Langsam bekam ich Hunger, deshalb ging ich los und fing mir eine fette Maus. Sie war köstlich. Nach so einem langen Weg wurde ich allmählich müde. Ich suchte mir einen Platz zum Übernachten und war auch sofort eingeschlafen.

Am anderen Morgen wachte ich erfrischt auf. Ich brauchte nicht lange zu suchen, bis ich mein Frühstück fand. Hier ließ es sich leben. Es gab reichlich Mäuse und andere Tiere, die mir sicher schmecken würden. Ich musste mir nur einen Unterschlupf suchen, falls es kalt und regnerisch werden würde.

Ich lief noch ein bisschen höher den Berg hinauf und oben stand eine Hütte mit einem Schuppen. In der Schuppentür war ein Loch, sodass ich hineinschlüpfen konnte. Es lagen Holz, Werkzeug und ein paar alte Decken herum. Hier konnte ich mich einrichten. Ich musste nur noch sehen, ob keine Menschen in der Nähe waren. Ich lief zur Hütte und schaute durch ein Fenster, doch da war alles voller Staub, hier war schon lange niemand mehr vorbeigekommen. Das war perfekt, ich richtete mich in dem Schuppen ein. Dann fing ich mir noch mein Abendbrot und ging schlafen.

Mitten in der Nacht wurde ich durch ein Geräusch geweckt, es waren zwei Männer. Sie schleppten eine Menge Kisten in die Hütte und als mich der eine sah, gab er mir einen Tritt und sagte zu mir: „Verschwinde, du Ungeheuer." Ich lief schnell davon und versteckte mich, Gott sei

Dank war der Tritt nicht ganz so schlimm gewesen. Ich verstand nicht, warum er das getan hatte. Ich beobachtete die zwei aus sicherer Entfernung, bis ich sah, dass sie wieder davonfuhren. Dann schlich ich zur Hütte, sie hatten vergessen, ein Fenster zu schließen. Ich sprang ins Haus und sah mich um.

Überall standen Pakete mit elektrischen Geräten. Sicher hatten sie die gestohlen, aber ich hätte niemandem etwas erzählen können, auch wenn ich es wollte.

Hier in der Hütte gefiel es mir besser als im Schuppen, deshalb blieb ich da. Kaum war ich wieder eingeschlafen, wachte ich von einem schlimmen Gewitter auf. Es blitze und donnerte so, dass ich allmählich Angst bekam. Dann schlug auch noch ein Blitz in einen nahe gelegenen Baum ein. Er stand sofort in Flammen.

Ich musste schnell weg, bevor die Hütte noch Feuer fing. Doch durch den Sturm war das Fenster zugeschlagen. Ich hatte entsetzliche Angst.

Dann fiel der Baum genau aufs Dach der Hütte, in meiner Panik sprang ich gegen das Fenster und dadurch öffnete es sich. Ich hopste hinaus und rannte davon. Es regnete in Strömen, völlig durchnässt suchte ich Schutz und fand eine kleine Höhle. Dort putzte ich mich trocken. Dann fand ich ein warmes Plätzchen und schlief ein.

Ich träumte schreckliche Sachen: von Feuer und umstürzenden Bäumen. Am Morgen wachte ich völlig gerädert auf. Hunger hatte ich auch schon wieder, deshalb fing ich mir wieder eine Maus und verspeiste sie. Danach sah die Welt schon wieder besser aus. Ich inspizierte die Höhle und stellte fest, dass sie leer war. Hier konnte ich erst einmal bleiben.

Es vergingen ein paar Tage, ich jagte und schlief viel, aber irgendwie fehlte mir etwas. Ein Kamerad oder liebe Menschen, die mich verstanden. Außerdem wurde es langsam kalt und ich konnte hier nicht bleiben, denn in der Höhle war es bei Kälte sehr ungemütlich.

Deshalb zog ich wieder in die Richtung eines Dorfes. Dort sah ich mich erst einmal um, dann warf ein Junge einen Knüppel nach mir, er verfehlte mich um Haaresbreite.

Emmys neue Freunde

Ich wollte gerade davonlaufen, als ich eine ältere Frau hörte, wie sie den Jungen ausschimpfte. Sie sagte zu ihm: „Was soll das, du hast wohl keinen Respekt vor dem Leben? Wenn ich dich noch einmal erwische, dann setzt es was. Haben dir deine Eltern kein Benehmen beigebracht, du Rotzlümmel?"

Dann wand sie sich zu mir und strich mir über mein Fell. Mittlerweile war ich sehr dünn geworden und Flöhe hatte ich auch. Sie sagte zu mir: „Ach du armes Ding, hast ja gar kein Fleisch mehr auf den Rippen. Komm, ich nehm dich mit zu mir und füttere dich erst einmal." Das ließ ich mir nicht zweimal sagen und ging mit ihr mit. Sie gab mir Futter und ich bekam etwas in den Nacken geträufelt. Sie meinte, dass das gegen Flöhe sei. Ich merkte dann ganz schnell, dass ich hier nicht alleine war. Es roch sehr nach anderen Katzen. Ich erkundete die Wohnung und sah, dass mindestens noch fünf Katzen hier wohnten. Ein großer schwarzer Kater lag in einem Gartenstuhl, der wohl aus Mangel an anderen Sitzgelegenheiten hier stand. Er schaute mich an, dann sprang er herunter zu mir und gab mir Köpfchen. Er sagte zu mir: „Hallo, mein Name ist Willi und wie heißt du?" Ich erzählte ihm, dass ich Emmy heiße und schon eine Menge erlebt habe. Ich fragte ihn, wie viel Katzen denn hier lebten. Er antwortete: „Fünf, vier Kater und eine Katze. Wir verstehen uns alle sehr gut, ich bin mir sicher, dass sie dich auch gleich in unsere Gemeinschaft aufnehmen werden."

Das war dann auch so. Wir wurden richtig gute Freunde.

Willi stellte mir alle vor. Felix war der älteste und der ruhigste. Mienchen war blind, doch sie kam gut zurecht, denn Willi führte sie immer. Micky war ein guter Kumpel und Mohrly sehr verwöhnt. Er wollte immer nur toben. Die anderen Katzen gingen ihm öfter aus dem Weg. Doch ich tobte gern mit ihm durch die Wohnung und den Garten. Wir verstanden uns auf Anhieb.

Später sollten wir wieder zusammenkommen und bei der gleichen Familie leben, doch das wusste ich zu dem jetzigen Zeitpunkt noch nicht. Die Tage und Wochen gingen dahin, langsam wurde es wärmer. Wir waren jetzt alle wieder öfter im Garten und spielten zusammen, wir jagten Mäuse und Vögel. Willi und Mohrly nahmen sogar manchmal Vogelnester aus, was unserem Frauchen gar nicht gefiel. Doch es ist nun mal unsere Natur, schon unsere Vorfahren haben sich von diesen Tieren ernährt.

Emmy verliert ihre Familie

Dann hörten wir, wie ein Mann zu unserem Frauchen sagte, dass wir Katzen wegmüssten, sonst würde er sie aus der Wohnung schmeißen. Sie weinte erst, dann schrie sie ihn an, dass er kein Herz hätte. Wir seien doch ihr ganzer Lebensinhalt und wenn wir wegmüssten, dann wolle sie auch nicht mehr leben. Es ging hin und her, bis der Mann wutentbrannt die Tür zuschlug und zu ihr sagte: „Das ist mein letztes Wort, die Katzen müssen weg, sonst kümmere ich mich darum."

Ein paar Tage war es so wie früher, wir verstanden uns prächtig und tobten durch den Garten. Doch dann eines Nachts wurde die Tür aufgebrochen und zwei maskierte Männer kamen herein und schlugen auf unser Frauchen ein. Sie stürzte hin und blieb liegen. Wir Katzen wurden aus dem Haus gejagt und die Hütte wurde angezündet. Ich hörte noch, wie der eine zum anderen sagte: „Na endlich ist das Problem auch geklärt, unser Chef kann nun bald loslegen und das Hotel erbauen. Das war die letzte Hütte, die wegmusste." Mit diesen Worten verschwanden die Männer.

Wir Katzen miauten laut, denn das Feuer machte uns Angst, sodass die Nachbarn es hörten und gleich zu löschen anfingen. Unser Frauchen wurde schwerverletzt aus der Ruine gerettet und fuhr mit einem Krankenwagen davon.

Wir Katzen waren wieder einmal auf uns selbst gestellt. Wann würden wir endlich eine Familie haben, bei der wir für immer bleiben durften?

Wir blieben in der Nähe des zerstörten Hauses, auch weil eine Nachbarin uns immer ein bisschen Futter hinstellte, und ein paar Tage später kamen zwei Frauen mit Transportkörben und fingen Mienchen, Mohrly, Felix und Micky ein. Willi und ich waren zu sehr verängstigt, deshalb flohen wir vor den Menschen und versteckten uns.

Nach ein paar Tagen suchten uns die beiden Frauen wieder und stellten Körbe hin, da war leckeres Futter drinnen. Willi hatte so großen Hunger, dass er in die Falle tappte. Als er im Korb saß, klappte der Deckel zu und er war gefangen. Leider konnte ich ihm nicht helfen. Dann kamen die beiden Frauen wieder und nahmen Willi mit. Ich wollte lieber von hier verschwinden, doch wenn ich gewusst hätte, dass alle meine Freunde ein schönes zu Hause bekommen sollten, wäre ich sicher auch in die Falle gegangen. So bin ich lieber weitergewandert.

Emmy und das Katzenbaby

Ich hatte solch großen Hunger, dass ich zur nächsten Müllhalde lief. Dort gab es immer etwas zu fressen, vor allem konnte man viele Mäuse fangen. Eine Maus habe ich dann auch gleich erwischt und lies sie mir schmecken, bis ich ein leises Wimmern hörte. Ich schaute nach und sah ein kleines Katerchen liegen, es war so circa vier Wochen alt.

Der Kleine tat mir leid und ich gab ihm was von meiner Maus ab. Er schlang das Stück hinunter! Dann leckte ich ihm seine Öhrchen aus und nahm ihn mit. Er war ein kleines, liebes Kerlchen und wich nicht mehr von meiner Seite.

Ich suchte für uns ein Schlaflager, das ich in einem verlassenen Heuschober fand, und da es dort auch ein paar Mäuse gab, hatten wir beide es ganz gut. Nur bei Regen war der Schober doch recht zugig. Ich nannte den Kleinen *Floh*, da er doch eine Menge davon hatte. Der Kleine erzählte mir, dass man ihn von seiner Mutter getrennt und ihn hier auf dem Müllplatz ausgesetzt hatte. Er kuschelte sich immer ganz dicht an mich, wenn es Schlafenszeit war. Ich brachte ihm das Mäusefangen bei und wir lebten ein paar Wochen zusammen. Im Heuschober wurde es immer kälter, sodass wir uns etwas anderes suchen mussten.

Deshalb zogen wir weiter.

Floh war ein aufgewecktes Kerlchen und immer zu einem Späßchen bereit. Sein Fell sah immer ein wenig zerzaust aus. Da er noch ein Welpengesicht hatte, gaben ihm die Menschen ab und zu ein Stückchen Fleisch, das er immer mit mir teilte.

Eines Morgens wachte ich auf und Floh war weg. Eine andere Katze erzählte mir, dass zwei Frauen ihn weggeholt hätten. Ich sah ihn nie wieder. Doch mein Instinkt sagte mir, dass es ihm gut ging.

Emmy im Zoo

Nun war ich wieder allein. Obwohl, allein war ich selten. Es lebten um mich herum genügend Katzen und Hunde. Viele starben, weil sie krank waren und zu wenig zu essen bekamen. Manchmal kümmerten sich Menschen um uns. Ab und zu wurden welche eingefangen. Meistens waren es die kranken und schwachen. Oft kamen sie nicht wieder zurück.

Ich erkannte schon am Geruch, wer es gut mit uns meinte und wer nicht.

Sehr oft warfen die Leute Gegenstände nach mir. ich musste immer aufpassen, dass mir nichts passierte. Deshalb wanderte ich weiter und kam an den Rand der Stadt. Dort gab es einen Zoo, da lebten Ziegen, Affen, Elefanten, Giraffen und noch viele andere Tiere. Davon hatte ich ja schon einmal geträumt. Mich faszinierten besonders die Giraffen mit ihren langen Hälsen und schönen Wimpern.

Ich hatte mich unter einem tiefhängenden Busch versteckt und beobachtete die Tiere. Ein kleines Zicklein sah mich und kam zu mir, es fragte: „Hallo, wer bist du denn? Du siehst wie das Löwenbaby aus, nur etwas kleiner. Das ist auch weiß, hat aber noch ein paar Streifen in seinem Fell. Meine Mutti sagt, jetzt darf ich noch mit ihm spielen, doch wenn es größer wird, will es mich bestimmt fressen." Das Zicklein plapperte ohne Luft zu holen. Ich sagte ihm dann, dass es doch bitte einen Moment still sein solle, es werde einem ja ganz wuschig im Kopf. Es fing an zu weinen und sofort waren mehrere große Ziegen bei uns und meckerten mich an.

Gott sei Dank kam eine Giraffendame zu uns und sagte den Ziegen, dass sie bitte ruhig sein sollen. Dann sprach sie zu mir: „Kätzchen, was hat dich denn in unseren Zoo verschlagen? Du hast wohl Hunger? Doch hier bist du am denkbar schlechtesten Platz, die meisten von uns haben auch nicht genügend zu fressen. In diesen schlechten Zeiten gibt es nicht viele Besucher. Geh bloß nicht zu deinen großen Verwandten, den Löwen, die hat es am schlimmsten getroffen. Wir Vegetarier können uns ja noch von den Pflanzen ernähren, doch die Fleischfresser müssen warten,

bis sie von den Menschen etwas bekommen."
Das war nichts für mich, deshalb verabschiedete
ich mich lieber und zog weiter.

Emmy lernt Nicky kennen

Ich lief ein paar Stunden und kam zu einer alten Burgruine. Hier lebten auch schon mehrere Katzen, es waren gerade zwei Frauen da, die mir bekannt vorkamen. Ja natürlich, das waren die beiden, die Mohrly, Mienchen, Felix und Micky eingefangen hatten. Sie verteilten Futter, außerdem sah ich zwei von den Transportkörben stehen. Ich wollte gerade noch die anderen Katzen warnen, dass sie nicht in den Korb gehen dürften, doch da war es schon geschehen, fünf Katzen sprangen hinein. Die Frauen machten auch gleich den Deckel zu und nahmen die beiden Körbe mit.

Ich wollte ein paar Tage hier bleiben und dann weiterziehen. Futter gab es genug, die beiden Frauen kamen jeden Tag und stellten uns etwas hin. Sie nahmen auch immer ein paar von uns mit. Langsam hatte ich auch keine Angst mehr, denn sie waren immer freundlich zu uns. Außerdem ging das Gerücht um, dass diejenigen Katzen, die sie mitnahmen, in nette Familien kämen, um dann später in ein anderes Land gebracht zu werden. Ein paar Katzen hatten wohl Gespräche der Menschen darüber belauscht. Mir war das eigentlich alles egal, solange ich mein Futter bekam. Trotzdem sehnte ich mich nach einem ruhigen, warmen Platz und nach richtigen Streicheleinheiten. Ab und zu wurde ich von den Frauen gekrault, aber das war nicht das gleiche, wie ich es von früher kannte.

Eines Morgens ging ich wieder zum Futternapf und sah, wie ein großer graugetigerter Kater sich mit einem Roten balgte. Der Rote lebte schon länger hier, der getigerte war neu. „Worum geht es hier eigentlich?", fragte ich ein paar Katzen, die drumherum standen. „Der getigerte Kater hat sich an die Freundin unseres Chefs herangemacht.", antwortete mir eine ältere Katzendame.

Die beiden Kater kämpften sehr heftig, es floss sogar Blut. So etwas kannten wir hier gar nicht, denn in unserer Gemeinschaft gingen wir alle sehr sozial miteinander um. Doch da unser Anführer schon etwas älter und sehr erfahren war, hatte letztendlich der Graue das Nachsehen.

Beide hörten auf zu kämpfen und der Rote ließ den anderen einfach stehen. Der Getigerte leckte seine Wunden und verkroch sich in der Ruine. Ich schlich ihm hinterher, denn er tat mir leid. Dann sprach ich ihn an: „Na das ist ja nicht so gut gelaufen, eigentlich lösen wir unsere Probleme nicht mit Gewalt. Tut es sehr weh?" Er antwortete: „Geht so, hab schon viel Schlimmere Wunden gehabt und die waren nicht nur von Katzen. Die Menschen sind auch nicht ohne, wenn die einen quälen, dann ist das hier nur Geplänkel." Da hatte er recht. Menschen können uns viel schlimmer wehtun, als wir Katzen uns jemals gegenseitig verletzen würden.

Er fragte mich: „Weißt du, wo ich etwas zu essen herbekomme, ich habe schon drei Tage nichts mehr gehabt." Er sah auch ziemlich abgemagert aus. Ich antwortete ihm: „In ein paar Stunden kommen zwei Frauen, die bringen immer Futter, solange musst du leider warten. Aber ich habe mich noch gar nicht vorgestellt, mein Name ist Emmy, und wie nennt man dich?" Er sagte: „Ich heiße Nicky." Ich fragte ihn: „Wie bist du hierhergekommen, was hast du alles erlebt?" Da erzählte er mir seine Geschichte:

„Ich wurde damals auf einem Bauernhof geboren. Meine Mutter starb bei unserer Geburt, ich hatte noch zwei Geschwister. Ein Glück, dass eine meiner Tanten zur gleichen Zeit nur ein Junges gebar. Deshalb nahm sie uns an Kindes statt auf. Sie behandelte uns gut. Als es dann soweit war, dass wir sie verlassen mussten, holte mich eine Familie mit einem kleinen Jungen. Am Anfang, als ich noch klein und niedlich war, kümmerten sie sich rührend um mich. Doch als ich älter und natürlich auch wilder wurde, sodass ich aus Versehen den Kleinen manchmal kratzte, steckten sie mich in einen Transportkorb und ließen mich auf einem Acker wieder heraus. Ein Glück, dass unsere Tante mir alles beigebracht hatte, was ich zum Überleben brauchte.

Trotzdem hatte ich es am Anfang sehr schwer, denn ich war völlig allein auf mich gestellt. Ich ernährte mich von Mäusen, Vögeln und anderen Tieren. Später traf ich auf eine kleine Katzenkolonie, dort nahm man sich meiner an.

Eines Tages wurden wir alle eingefangen und kastriert. Einige, die sich bei den Menschen wohlfühlten, nahmen sie mit und die Wilden setzten sie wieder an dem alten Platz aus. Ich kam zu einer alten Dame, sie war sehr lieb zu mir. Lange konnte ich aber nicht bei ihr leben, denn sie stürzte und wurde weggebracht. Mich jagte man aus dem Haus, so wanderte ich wieder weiter und wurde immer unabhängiger, den Menschen ging ich von da an aus dem Weg.

Jetzt, durch die Kälte, habe ich in letzter Zeit nicht allzu viel Futter bekommen, deshalb versuchte ich hier mein Glück." – „Vermöbelst du immer gleich den Anführer?", fragte ich ihn. Er antwortete: „Eigentlich hatte ich nur seine Freundin gefragt, ob sie weiß, wo ich etwas zu essen herbekomme. Da hat er sich gleich auf mich gestürzt."

Ich erzählte ihm auch meine Geschichte. In der Zwischenzeit waren die beiden Frauen mit Futter gekommen und er schlang eine riesen Portion hinunter.

Unser Anführer, der Rote, hatte eigentlich nichts gegen ihn, vor allem nicht mehr, als er merkte, dass Nicky kastriert war. Deshalb durfte er bleiben. Wir beide wurden richtig gute Freunde.

Dann kam der Frühling und Nicky zog weiter, er verabschiedete sich von mir und sagte noch, dass ich auf mich aufpassen solle, und dann wanderte er los. Auch ich musste weiterziehen, diese Nacht wollte ich aber noch hier schlafen.

Emmy beinahe im Versuchslabor

In der Nacht wurden wir von mehreren Männern gefangen und in Säcke gestopft, es war furchtbar. Sie fuhren mit uns eine lange Strecke. Als wir ankamen, wurden wir in einen Schuppen gesperrt. Hier waren so viele Katzen. Wo waren wir, was hatten sie mit uns vor?

Ich sollte es bald erfahren! Einer meiner Katzenkumpels aus der Kolonie hörte, wie ein Mann zum anderen sagte: „Nun haben wir genug Katzen für das Versuchslabor, das gibt eine schöne Stange Geld." Oje, ich hatte schon mehrmals etwas von solchen Laboratorien gehört, dort werden an uns Katzen irgendwelche Kosmetiksachen erprobt. Es soll eine schlimme Quälerei sein. Eine Katze, die aus so einem Labor fliehen konnte, hatte dadurch ein Auge eingebüßt. Sie erzählte von anderen Tieren, denen man die Schleimhäute verätze, und von noch viel schrecklicheren Dingen. Wir hatten alle entsetzliche Angst.

Es kam Gott sei Dank alles anders. In der Nacht hörten wir plötzlich Geräusche. Die Tür wurde aufgebrochen und herein kamen ein paar junge Leute und ließen uns alle frei. Ein junges Mädchen sagte: „Lauft schnell weg und versteckt euch, keiner soll jemals eine Katze in diese widerlichen Laboratorien schaffen. Wir Tierschützer werden das niemals zulassen. Dann nahm sie mich auf den Arm und streichelte mein Fell. Sie sagte zu einem jungen Mann: „Jagusch, was hältst du davon, wenn wir die kleine weiße Katze mit zu uns nehmen? Ich finde, sie sieht so schutzbedürftig aus." Jagusch antwortete: „Meinetwegen, sie ist wirklich süß." So nahmen mich die jungen Leute mit zu sich nach Hause.

Emmy bei netten Leuten

Bei Dunja und Jagusch gefiel es mir ganz gut, obwohl sie leider selten zu Hause waren. Aber am Abend unternahmen sie viel mit mir. Einmal haben sie mit mir einen Ausflug auf dem Motorrad gemacht. Wir sind auf eine sehr schöne Blumenwiese gefahren. Dort durfte ich den ganzen Tag toben. Als Dankeschön habe ich ihnen eine Maus gefangen, doch das fand Dunja gar nicht schön. Sie quickte und sprang wie ein junges Reh herum. Jagusch lachte sich ins Fäustchen und sagte zu ihr: „Was schreist du denn so, das ist doch nur eine kleine Maus. Emmy wollte dir doch nur ein Geschenk machen." Dunja fand das aber gar nicht witzig, sie schrie immer: „Nimm die Maus weg, bitte nimm endlich die Maus weg!" Ich verkrümelte mich dann doch lieber mit der kleinen Maus und verzehrte sie genüsslich im Gebüsch. Dann wurde es gefährlich. Eine Bache kam mit ihren Frischlingen genau auf uns zu, wenn so eine Sau Junge hat, ist sie unberechenbar. Ich kletterte ganz schnell auf einen wilden Kirschbaum und beobachtete alles von oben. Die Bache sah meine beiden Menschen und rannte auf sie zu. Jagusch rief zu Dunja, dass sie schnell auf den nächsten Baum klettern solle. Doch das Mädchen war wie erstarrt. Die Sau rammte sie, sodass sie umfiel. Jagusch nahm eine Gabel und den Topfdeckel und machte damit Lärm. Das war der Bache zu viel und sie floh mit ihren Kleinen.

Dunja stöhnte am Boden. Jagusch nahm sie auf den Arm und brachte sie zum Motorrad. Er sagte zu mir: „Emmy, ich muss Dunja zum Arzt bringen, ich hole dich dann später ab." Sie fuhren davon. Mir saß der Schreck noch in den Pfoten, sodass ich doch lieber erst einmal auf dem Kirschbaum sitzen blieb.

Aber die Zeit verging und ich kletterte später doch vom Baum und lief zu unserem Picknickplatz. Da lagen noch die ganzen Essensreste, die ich mir schmecken ließ. Langsam wurde es dunkel und Jagusch kam nicht. Ich legte mich auf die Decke und schlief ein. Irgendwann hörte ich Motorengeräusche und endlich kam Jagusch angefahren. Er hatte mich also nicht vergessen.

Er setzte mich wieder in den Rucksack, sammelte das Geschirr zusammen und wir fuhren nach Hause. Im Haus angekommen, erzählte er mir, dass Dunja erst einmal zur Beobachtung im Krankenhaus bleiben müsse.

Wir gingen dann bald ins Bett und da ich merkte, dass er sehr traurig war, kuschelte ich mich an ihn. Es war eine unruhige Nacht, Jagusch konnte nicht schlafen und wälzte sich hin und her. Bald wurde mir das zu viel und ich ging lieber in mein Körbchen.

Am anderen Morgen klingelte das Telefon und Jagusch nahm den Hörer ab und hörte ein paar Sekunden dem anderen Gesprächspartner zu. Dann sprach er in den Hörer: „Na ein Glück, ich komme gleich und hole meine Freundin ab.“
Zu mir sagte er: „Emmy, Dunja geht es wieder besser, ich bestelle jetzt ein Taxi und dann holen wir sie ab.“

Als das Taxi kam, fuhren wir los. Er hatte mich in die Transportbox gesetzt. Im Krankenhaus angekommen, stand das Mädchen schon vor der Tür und stieg auch gleich in das Taxi ein. Schon ging es wieder zurück nach Hause. Auf dem Weg dahin streichelte mich Dunja die ganze Zeit. Zu Hause angekommen, lebten wir noch ein paar Wochen zusammen, dann änderte sich wieder einmal mein Leben. Jagusch hatte einen Studienplatz in einer anderen Stadt bekommen und Dunja musste beruflich nach Moskau. Leider konnte mich keiner von beiden mitnehmen.

Emmy ist endlich angekommen

Eines Morgens wurde ich wieder in meine Transportbox gesetzt und sie brachten mich weg. Als wir ankamen, gab es eine Überraschung für mich. Ich sah Thor wieder, den kleinen Kater, der damals mit in der Tötungsstation war. Er erkannte mich auch sofort. Er erzählte, dass er von Tierschützern gerettet wurde und sie ihn hier hergebracht hatten. Seitdem lebe er hier und es gehe ihm gut.

Ich wurde zu einem Tierarzt gebracht, gechipt und geimpft. Ein paar Wochen später fuhr ich mit noch acht anderen Katzen nach Deutschland, Thor war auch dabei. Dort nahm uns eine Familie in Empfang, wir kamen in ein Zimmer, sie nannten es *Quarantäne*.

Vier Wochen später holten mich meine jetzigen Menschen ab. Die Frau mochte ich auf Anhieb, sie nahm mich auf den Arm und ich kuschelte mich gleich an sie. Wir fuhren zusammen in mein neues zu Hause. Dort angekommen, wurde ich aus meiner Transportbox gelassen. Ich versteckte mich erst einmal hinter dem Sofa. Doch meine Neugierde siegte, da lebte schon eine andere Katze, besser gesagt ein anderer Kater. Als ich ihn sah, war die Überraschung groß, es war Mohrly, mein alter Freund. Wir stupsten unsere Nasen aneinander.

Meine neuen Menschen freuten sich, dass wir uns gleich so gut verstanden.

Mohrly erzählte mir, dass er damals von den beiden Frauen mitgenommen wurde und zu einer Pflegefamilie gekommen war. Dort lebte er nur so lange, bis genug Katzen zusammen waren, um nach Deutschland gebracht zu werden. Er wohnte genau bei der Familie, wo ich auch zuletzt in Deutschland war. Welch ein Zufall, dass ausgerechnet die Menschen mich mitnahmen, die vorher auch schon Mohrly mitgenommen hatten, oder war es Schicksal?

Ich lebe jetzt ein Jahr hier und es gefällt mir sehr gut bei meinen Menschen. Endlich bin ich angekommen!

Epilog

Unsere Emmy wohnt seit März 2012 bei uns. Sie hat sich hier gut eingelebt. Oft liegt sie auf meinem Schoß und schnurrt ganz leise, wenn ich sie kraule. Und trotzdem hat sie noch sehr viel Angst. Emmy möchte nur ganz kurz in den Garten, wahrscheinlich denkt sie, dass sie wieder draußen bleiben muss. Sie futtert immer alles sofort auf und wenn unser Kater Mohrly etwas übriglässt, wird auch das verputzt. Sie denkt sicher an die schlechten Zeiten, die sie erlebt hat. An ihr Hinterteil darf ich nicht kommen, da miaut sie. Wenn wir etwas schneller durch die Wohnung laufen, rennt sie weg und versteckt sich.

Nur vor unserem Kater hat sie keine Angst und als wir ihn im April 2012 (auch aus Rumänien) zu uns holten, verstanden sie sich sofort. Es war fast so, als ob sie sich schon kennen würden.

Emmy muss in Rumänien Schlimmes erlebt haben. Wir werden noch einige Zeit brauchen, um ihr ganzes Vertrauen zu gewinnen. Vielleicht wird sie aber nie ganz ihr Misstrauen den Menschen gegenüber verlieren.

Wann werden wir endlich begreifen, dass Tiere auch wie wir fühlen können? Dass wir nicht geboren wurden, um ihnen Leid zuzufügen? Wann werden wir sie endlich mit Respekt behandeln?

Mohrly
Ein kleiner Kater sucht seine Familie

ISBN: 978-3-7322-4108-8
152 Seiten
Verlag: Books on Demand
12,50 €